鑑定人 氏家京太郎

中山七里

双葉文庫

鑑定人 氏家京太郎＊目次

鑑定人　氏家京太郎

一　弁護士と検事

1

「専門的な説明は後回しにしてまず結論を言うとこれは異筆《いひつ》、つまり被相続人の書いたものではありません」

氏家《うじいえ》が告げた途端、研究所に集っていた俵屋《たわらや》家の何人かがひゅっと息を呑《の》んだ。

次いで次男の嫁が机の中央に置かれた遺言書に覆い被さり、長男の嫁は氏家をきっと睨《にら》み据えて声を上げる。

「嘘ですっ」

つかつかとこちらに歩み寄り、女だてらに氏家の胸倉を掴まんばかりの勢いだった。

「これは正真正銘、お義父《とう》さまが書かれたものです。わたしと主人がちゃんと見届けております」

「そうですよ、先生」

虎の威を借る狐でもあるまいし、長男は半ば愛想笑い半ば迷惑げという器用な表情を作って抗議する。

「第一、親父が遺言書の末尾に署名したのを見ていたのは、わたしと家内だけじゃない。古参のお弟子さんが四人も同席していましたからねえ」

おっとりした喋《しゃべ》り方だが、言葉の端々に焦りが聞き取れる。

「でもお義兄《にい》さん、同席していたお弟子さんは四人が四人ともお義兄さんと縁の深い方ばかりじゃありませんか。そういう人たちの証言が本当に当てになるのかどうか」

「佐知子《さちこ》さんは黙っていなさい。これは次男の嫁ごときが口を出していい問題じゃありませんっ」

「お義姉《ねえ》さんこそ。後継者問題に嫁が首を突っ込むなんて、俵屋流のいい恥さらしじゃありませんこと」

次男の嫁もここぞとばかりに食って掛かる。第三者である氏家の前でこれなのだから、さぞかし家の中では嫁同士の熾烈《しれつ》な争いが繰り広げられているのだろう。

しかし、それも無理はないと氏家は思う。

俵屋といえば歴史ある華道の流派の一つだ。習い事になど一ミリも興味のない氏家ですら名前を知っている。日本全国どころか海外にも多くの生徒を擁している。年間収入はそこいらの企業が霞んでしまうほどだ。その家元である俵屋仁階《じんかい》が逝去したのが先々週。告別式を終えて次期家元襲名の段になって降って湧いたのが遺言書の偽造疑惑だった。

　発表された遺言書では家督の全てを長男に譲るとの内容だったが、これに次男の嫁が疑義を唱えた。生前から仁階は次男を寵愛しており、翻って長男は家元として力不足と公言していたのだという。お定まりの派閥抗争が勃発し、マスコミがお家騒動と煽《あお》るものだから争いは更に過熱し、とうとう裁判沙汰にまで発展した。

　ここで駆り出されたのが、氏家京《きょう》太《た》郎《ろう》が代表を務める〈氏家鑑定センター〉だ。民事裁判での証拠調べとして遺言書の筆跡鑑定を依頼された。本日がその報告日だったのだが、氏家が危惧した通りの展開になったという訳だ。

　あなた、と長男の嫁が氏家の額に人差し指を突き付ける。

「いったい、いくらもらって嘘の報告をこしらえたの」

　いちいち言いがかりに反応するつもりはないが、ここは最低限の説明が必要だろう。氏家は遺言書の隣に俵屋流の昇段証書を並べる。

「遺言書の筆跡と比較対象にさせていただいたのは、こちらの昇段証書です。亡くなった俵屋仁階さんがこうした証書を直筆していたからこそ可能でした。さて、一見すれば二つの書体は全く同じであり、止めや払いに着目しても同筆《どうひつ》と思えます」

　氏家の指が、遺言書に記された一字一字をなぞっていく。

「遺言書の中で一番頻出しているのが、やはり『俵』と『屋』の二文字なのですが、この二字だけ比較しても全く同一の筆跡に見えます。こうした筆跡鑑定の場合、止めや払いだけではなく、字間やバランスにも着目するのですが、その点でも遺言書の筆跡は真筆《しんぴつ》と非常に似ています」

「似ているのは当然ですよ。お義父さまの自筆に間違いないんですから」

「それが変なんですよ」

氏家は事もなげに答える。

「仁階さんが昇段証書を書いていたのは十五年前まででした。還暦を機に証書の作成はお弟子さんに任せたのですね。さすがに生徒さん一人一人の証書を作成する暇がなくなったからだと聞きました。しかし遺言書の作成はつい先月。つまりこの昇段証書と遺言書の間には十五年という歳月が横たわっていることになります。ところが双方に記された文字は寸分変わっていない」

「何が変なのよ。同じ人間が書いているのだから同じ字になるのは当たり前じゃないの」

「ところが同じ人間の書いた文字がいつも同じとは限らないのです。個人内変動と言いまして、高齢になればなるほど筆跡は乱れ字形も崩れてくるんですね。しかし、亡くなる直前に書かれたにも拘《かか》わらず、遺言書の筆跡はどこも乱れておらず、また字形の崩れもありません。そこで筆順を確認することにしました。これです」

次に氏家が取り出したのは『俵屋仁階』の署名を大写しにした写真だ。一字が二十センチ四方まで拡大され、しかも全方向からライトを当てられているので墨の濃淡までがくっきりと表れている。

「ライトを当てることによって筆圧と筆順が可視化できます。さて、遺言書の末尾に記された署名を鑑定すると『俵』のつくりの『表』の部分、正しい筆順なら四画目になるはずの線が六画目になっているんです。一方、十五年前に書かれた昇段証書では正しい筆順になっている」

みるみるうちに長男と嫁の顔色が変わっていく。

「個人内変動で筆跡や字形が変化することがあっても、一度身についてしまった筆順が変わることはありません。従って遺言書の筆跡は異筆と判断せざるを得ませんでした」

筆跡鑑定の要は筆跡個性の特定であり、字形の鑑定ではない。多くの偽筆はその点を見誤って尻尾《しっぽ》を出す。今回の件もその例外ではなかった。

「遺言書に記された文字は合計八百六十四文字。おそらく手本となる仁階さんの真筆を横に置いて、一文字一文字を丁寧に書いていったのでしょう。その慎重さと根気強さは大いに称賛されるものですが、如何《いかん》せん筆順を間違えてしまった訳ですね。ところで当鑑定センターに依頼いただいた際、依頼書にはご長男の署名がありました。この署名の『俵』の字が、やはり同じ箇所で筆順を間違えています」

いよいよ長男夫婦は狼狽《ろうばい》し、顔を青くしたり赤くしたりしている。まるで信号機だなと、氏家は益体《やくたい》もないことを考える。

「それからですね、筆跡は昇段証書の真筆を参考に真似《まね》たのでしょうけど、文章は高齢者相応のものなので異筆以前、仁階さん自筆の遺言書も存在していると思われます。ご存じありませんか」


「正式な鑑定書は明日にでもご郵送します」

氏家が告げると、次男夫婦は深々と頭を下げた。特に嫁の方は感極まった様子で、氏家の両手をきつく握り締めた。

「先生のご恩は一生忘れません。本当に、本当に有難うございました」

少し大袈裟だと思ったが、よくよく考えれば目の前に立つ次男坊がこれからの俵屋流を担っていくのだ。当事者にしてみればまさに一生を激変させる出来事に違いない。

「襲名式には必ず招待させていただきますので、是非足をお運びくださいまし」

嫁は喜び勇んで研究所のドアから出ていく。後に残ったかたちの次男は何故か肩を落としていた。

「どうかしましたか」

「いや、先生のご尽力には感謝しています。結果はどうあれ、これで跡目争いには決着が付きますからね」

「それにしては、あまり嬉《うれ》しくなさそうですね」

「嬉しいはずがないじゃないですか」

次男は初めて苛立《いらだ》ちを見せた。

「僕は決して兄さんが嫌いじゃないんです。むしろ好きです。子どもの頃は一緒に遊んでくれたし、気も遣ってくれました。僕は子どもの頃から女々しいとか色々言われてコンプレックスがありましてね、俵屋流一門を背負って立つなんて妄想に近いものだったんです。おっとりしているようで、それでいて万事にそつがない兄さんの方がどれだけ次期家元に相応《ふさわ》しいか」

「でも、遺言書を偽造したのですよ」

「俵屋流を存続させるなら、とても僕には任せられないと考えたんでしょう。その判断は間違っていないと思います」

「俵屋仁階さんがあなたを寵愛した理由が今、分かったような気がします」

氏家は次男の気を鎮めるように微笑《ほほえ》みかける。自分を排除しようとした者まで受け容れるほどの度量があれば、歴史ある一門を率いていける。少なくとも先代はそう考え、次男に期待したのではないだろうか。

「地位や立場が人を作るというのは、あながち間違いでも幻想でもないのですよ。相応しい資質は必ず開花します。それにわたしの拙い経験則上ですけど、自己評価の高くない人は概して伸びしろが大きいものです。あなたは、きっと大丈夫ですよ」

次男はしばらく氏家を見つめていたが、やがて観念したように笑ってみせた。

東京都文京《ぶんきょう》区湯島《ゆしま》一丁目。この界隈には東京医科歯科大附属病院、近隣に順天堂医院と東大附属病院があるためか医療機器関連の企業が集中している。氏家がこの地を〈氏家鑑定センター〉の本拠地に選んだのは、こうした医療機器の充実ぶりと無関係ではない。筆跡鑑定に限らず研究所に持ち込まれる依頼のほとんどは医療機器や各種検査機器が不可欠であり、機器の入手が容易な場所に研究所を設立するのは理の当然だった。

民間の科学捜査鑑定所が人々に認知されて久しい。以前は警視庁および各道府県警察本部に設置される科学捜査研究所、または警察庁に附属する科学警察研究所が知られていたが、これらはいずれも捜査側に有利な鑑定結果を利用する傾向が皆無ではなかった。一方に振りきった振り子はやがて振り戻る。冤罪《えんざい》事件が目立ち始めた時期に、次々と民間の鑑定所が設立されたのは決して偶然ではなかった。

氏家自身も警視庁科学捜査研究所のＯＢだった。ある事情で退官した後、退職金と実家からの援助で鑑定センターを立ち上げた。幸い、科捜研時代の部下からセンター設立に賛同する者が現れて、人材の確保には困らなかった。血液・薬品・指紋その他の分野でオーソリティーを名乗れるメンバーが集まり、噂を聞きつけた鑑定のプロたちが興味を示して更に集まった。

これは氏家の個人的な印象だが、鑑定を生業《なりわい》としている者には所謂《いわゆる》職人肌の人間が少なくない。好きな鑑定作業をして尚且《なおか》つ警察よりも給料がいいとなれば、優秀な人材が集まるのはむしろ当然だった。

もっとも優秀な人材を集めた弊害も出ており、その一つが警視庁との確執だった。折角手塩に掛けて育てたというのに、一人前になった途端に民間へ引き抜かれては堪らないという理屈だ。氏家もその理屈は分からないではないが、職業選択の自由は憲法にも定められている権利なので如何ともし難い。

かくて〈氏家鑑定センター〉は警視庁に睨まれながら、順調に業績を伸ばしていた。

氏家が吉田《よしだ》弁護士の訪問を受けたのは、俵屋仁階の遺言書の真贋《しんがん》鑑定に決着が付いた二日後のことだった。

「やあ、吉田先生。いらっしゃい」

氏家が出迎えた際、吉田は軽く一礼すると気忙《きぜわ》しく研究所の中に入ってきた。挨拶もそこそこに話を急ぎたがるのは、吉田にとってもよほどの重要事である証拠だ。氏家は奥の所長室へと吉田を誘う。

「当分は電話も取り次がないでくださいね」

研究員たちに断りを入れてから、ようやく吉田と向き合った。

吉田士童《しどう》弁護士。第一東京弁護士会に所属しているが前職は検察官。つまり退官後に弁護士に転職した所謂ヤメ検だ。過去に何度も氏家に協力を要請したことがあり、言わば常連客であり無下には扱えない。

常連客という条件を抜きにしても、吉田は放っておけない種類の人間だった。普段は紳士的で決して礼節を忘れないのに、いったん厄介な事件に首を突っ込むと他のことが目に入らなくなる。仕事熱心といえば聞こえはいいが、要領よく立ち回れない初老の弁護士につい手を貸したくなる。ここまでくれば人徳のようなものだった。

「その様子だと、また難儀な案件を抱え込んじゃったみたいですね」

「否定はしませんが、またという決めつけはどういう意味なんでしょう」

「難儀な案件に限って、吉田先生にお鉢が回ってくるような印象があります」

吉田は認めるように短く嘆息する。

「……前世の祟《たた》りか何かかねえ」

「現世の人徳ですよ。で、どういった案件ですか」

「氏家さん、連続通り魔事件の那智貴彦《なちたかひこ》を知っていますか」

名前を聞いただけで案件の難儀さが納得できた。弁護士は依頼人の利益を守るのが仕事だが、その伝で言えば那智貴彦の利益を守ることは湖の水を飲み干す行為に近いものがある。

「吉田先生が彼の弁護人になられたのですか」

「本人から直々に指名された。指名されたからには受けるしかない」

弁護士にも選択の自由がある。無茶な依頼は当然断ることもできる。だが、吉田は基本的に断らない弁護士だった。物的証拠が揃っている殺人事件なのに無罪にしろとか、前科のあるヤクザの覚醒剤取締法違反なのに執行猶予をつけさせろとか、およそ無理難題の依頼にも真摯に応えてしまう。そのため、吉田本人の思惑とは別に人権派弁護士と呼ばれるようになってしまった。

本人を前にすると、吉田は断らない男ではなく、断れない男ではないかと思う時がある。

「それにしても依頼人が那智貴彦とは。吉田先生も大変な相手に見初《みそ》められたものですね」

「わたし自身は彼と面識がなかった。きっと誰かから碌《ろく》でもない噂を聞きつけたのだろう。無理難題を聞いてくれる弁護士は他にもいるが、アレは基本的に高い報酬が望める富裕層しか相手にしない弁護士だからな」

「確かに那智は富裕層に属する人間ではなさそうですね」

吉田は物憂げに首を振ってみせる。

那智の弁護を受けるのが難儀なのは、その犯行態様によるものだった。ただの通り魔殺人ではない。那智の場合、犯行のあまりの残酷さから稀代《きたい》の殺人鬼という称号すら得ているのだ。

最初の死体は昨年の八月、足立《あだち》区千住《せんじゅ》の荒川《あらかわ》河川敷で発見された。被害者は都内の会社に勤める関戸亜美《せきどあみ》二十四歳。帰宅途中に拉致された挙句に殺されたのだが、発見された死体の状況が酸鼻《さんび》を極めた。

彼女の腹は真っ二つに切り開かれ、膣口から子宮までがごっそりと摘出されていたのだ。河川敷には肉片と大量の流血が残り、凄惨な死体に慣れているはずの捜査員さえも嘔吐《おうと》を堪えきれなかったという。新聞とテレビは死体の詳細な報道を避けたものの、ネットと週刊誌は遠慮なく残酷な事実を公にした。やがてテレビのワイドショーが追随するかたちで続報を流し、子宮奪取の殺人事件は全国に喧伝《けんでん》された。

二つ目の死体はそれから三カ月後、入間《いるま》川の河原で発見された。被害者は市内の大学に通う、藤津彩音《ふじつあやね》二十一歳。やはり子宮を摘出された状態で放置されていた。管轄の狭山《さやま》警察署は死体の状況から関戸亜美事件との関連を認め、警視庁との合同捜査本部が開設される。

二件目の子宮奪取事件が報じられると、報道はより過熱した。ネットでは犯人のみならず連続犯行を許した捜査本部への誹謗《ひぼう》中傷が飛び交い、ワイドショーでは警察OBや精神科医が毎日のように招かれ、一般視聴者にもそれと分かる的外れなコメントを垂れ流して時間を埋めた。

一方捜査本部は稀《まれ》に見る猟奇連続殺人に異例の捜査態勢を敷く。延べ二千人に及ぶ捜査員を投入したのは早期解決を迫る世論を鑑みてのことだったが、それ以上に警視総監からの叱責が捜査本部に活を入れた。

切開痕が医療の現場では常識となっているY字になっていることから、捜査本部は医療関係者を中心に捜査を進めていく。首都圏の精神科医に犯罪性向の顕著な患者について情報収集も怠らなかった。

ところがそのさなか、第三の事件が発生してしまった。被害者は千葉市内の医大に通う安達香里《あだちかおり》二十一歳。市川市河原《いちかわかわら》のやはり河川敷で発見された。パターンどおり子宮が根こそぎ持ち去られ、捜査本部は世間の非難を真っ向から浴びることとなった。

『あれだけ捜査員を増員しても三件目の犯行を許したのか』

『いったい何のための合同捜査だったのか。船頭多くして船山に上っているだけではないのか』

『既に首都圏の水と治安はタダではない』

『このままでは自警団の結成すら促しかねない。警察は猛省すべきだ』

次第に世論は落ち着きをなくし、感情的な声が殺到した。警視庁刑事部を中心とした捜査本部はいよいよ追い詰められ、これ以上事件解決が遅れれば責任者の首がいくつか飛びかねない事態にまで発展する。

だが、この悪夢は二月十日に大転回を迎えることになる。捜査本部がどうやって絞り込んだのか氏家は知らなかったが、都内医療機関に勤める三十四歳の那智貴彦が逮捕されたのだ。決め手は現場に残留していた体液が那智のDNAと一致、捜査員が那智の部屋を家宅捜索すると犯行に使用されたと思《おぼ》しきメスが発見された。

こうして半年に亘《わた》る血腥《ちなまぐさ》い事件はようやく幕を閉じ、首都圏には束の間の平穏が甦《よみがえ》った。人々の関心は稀代の殺人鬼のプロフィールと裁判の行方に移り、那智貴彦の過去と現在、そして彼の肉親へと取材の手が伸びていった。

以上が昨年八月から首都圏を襲った連続通り魔事件のあらましだった。氏家の知識は新聞とテレビのニュースから得た範囲のものでしかなく、初公判の日取りも弁護人に誰が選任されたのかも関知するところではなかった。

しかし那智の弁護に吉田が立つとなれば、俄然興味が湧いてくる。もちろん野次馬根性などではなく、純粋に事件の実相に踏み込む必要があるからだった。

「もう那智への接見は済まされたんですよね」

「接見の際、選任届にサインをもらったからね。一部報道には稀代の殺人鬼とか、異常性癖のシリアルキラーとか仰々しい二つ名が並んでいたが、弁護士にしてみれば一人の依頼人に過ぎない」

「日常で殺人鬼の顔を晒《さら》して生活するなんて有り得ませんからね。犯行に及ぶ直前まては、どこにでもいるいち市民のはずです」

氏家に限らず犯罪捜査に関わっていると、犯罪に手を染める者と染めない者、猟奇的な人間とそうでない人間には明確な境界線など存在しないことを思い知らされる。

血に飢えた殺人者も日頃は虫も殺さぬような顔でコンビニエンスストアに立ち寄り、贔屓《ひいき》の野球チームに声援を送り、お気に入りの曲があり、酒席で政権批判をする。

だが一般人は自分と殺人者の間には歴然とした相違点があると信じてやまない。願望から醸成される偏見でしかないのだが、どうあっても自分と彼らが同じ人間であるのを認めたくないようなのだ。

「那智の第一印象は極めて冷静な医療従事者だった。受け答えも慎重かつ丁寧で、病的な片鱗《へんりん》はどこにも窺えなかった。実はここだけの話、彼と接見する前は先入観を抱いていた」

「死体から子宮を抜き取るという行為の異常性ですね」

「常々、依頼人には先入観を持たぬよう心掛けているつもりだったが、やはり事件の態様が態様だっただけに知らず知らず腰が引けていたのだろう。最初はおっかなびっくりだったが、十分も話していると那智も今までの依頼人とあまり変わりないと思えるようになった」

氏家は吉田の人を見る目を評価している。だが氏家自身が一度も会っていない那智を無条件に信じることはできない。意地が悪いようだが、どうしても吉田の言葉を疑うような訊《き》き方になってしまう。

「意思の疎通には問題なし。しかし弁護人に指名した人物に警戒されては公判を有利に闘えないので、猫を被っているのではありませんか。逮捕されるまでは支障なく日常を送ってきたのだろうし」

「もちろん、たかが十分やそこら会話をしただけで相手の正体や人となりが分かるなどと自惚れてはいない。長い公判を経るうち徐々に見えてくるものもある。しかし最初の顔合わせで最低限把握するべき性格や意思疎通能力は確認したつもりだ。那智貴彦という依頼人は、客観性を持ち合わせており、自らの犯罪について徒《いたずら》に美化したり責任逃れをするような素振りは見せなかった。もしやと予想していた起訴前鑑定をする必要もなさそうだ。彼は本来の人格の下で、冷静な判断をもって殺人に手を染めている」

「本人がそう言ったのですか」

「うん。自分は異常者かもしれないが、決して心神喪失や心神耗弱ではないと明言した。刑法第39条の適用で刑罰から逃れようとは考えていない。残忍な行為は許し難いが、被告人の態度としては真摯と評価できる。だからこそ弁護しようと決めた」

氏家は少し混乱する。話の流れからすると否認事件でなく、量刑を巡る自白事件になりそうだ。しかしこういう裁判の場合に最初の焦点となる被告人の責任能力を問うことについては、本人が否定している。起訴前鑑定の必要もなし。では、この案件のいったい何が難儀だというのか。加えて、鑑定人である自分を訪れた理由も分からない。

「お聞きする限りでは弁護人の手をわずらわせる被告人ではなさそうですね。では吉田先生が難儀がっていらっしゃる理由は何なんですか」

「那智は自分の犯行だと大筋で認めている。ただし一部否認している」

「どの部分ですか」

「三つの殺人事件のうち一件目の関戸亜美と二件目の藤津彩音については確かに自分の犯行だが、三件目の安達香里の殺害は全く与《あずか》り知らないと言うんだ」

氏家の思考は再度混乱する。

「報道では現場に残留していた体液と那智のDNAが一致したと聞いていますが」

「まだ公判前整理手続にも入っていないから、向こうの捜査資料は確認できていない。しかし逮捕のきっかけが三件目の安達香里事件であるなら、当然市川市河原の河川敷からは那智の体液が採取されているとみて間違いない」

「それなら、まるで無駄な抗弁じゃありませんか」

氏家の頭に一つの可能性が浮かぶ。

「那智はひょっとして永山《ながやま》基準を念頭に置いているのではありませんか」

一九六八年、東京・京都・函館・名古屋の四都市で警備員など四人が連続して射殺される事件が発生した。犯人は当時十九歳だった永山則夫《のりお》。その裁判において最高裁第二小法廷が傍論として示した死刑適用基準が世に言う永山基準だ。

永山基準は次の九項目によって構成されている。
(1) 犯罪の罪質
(2) 動機
(3) 事件の態様、殊に殺害手段や方法の執拗性・残虐性

(4)結果の重大性、殊に殺害された被害者の数
(5)遺族の被害感情
(6)社会的影響
(7)犯人の年齢
(8)前科
(9)犯行後の情状

あくまでも判断基準なので、九項目を厳格に適用する訳ではない。社会的影響や残虐性などは裁判官の心証に頼るところも少なくない。

だが犯人の年齢や前科、被害者の数は客観的であり比較対照しやすい。一般には被害者の数が死刑適用基準として独り歩きしている感すらある。被害者が一人の場合には死刑を回避する傾向が強いのも、この基準が無関係ではない。

「三人を殺害すれば完全にアウト。しかし二人殺害なら、公判の流れ如何では極刑を免れる……そんな風に考えているのではありませんか」

「永山基準についてはわたしも頭を過《よぎ》った」

吉田は眉間に皺《しわ》を寄せて言う。

「しかしいくら被害者の数に留意しようと、那智は死体から子宮を抜いている。その残虐性は客観性云々の問題ではない。だから余計に彼の意図が理解できない」

「確かに難儀と言えば難儀ですね」

「いずれにしても現場から採取された体液のＤＮＡ鑑定について、氏家所長の鑑定が必要になる。その際はよろしく」

2

吉田が研究所を辞去した後、氏家は彼が参考のためにと置いていってくれたノートを開いた。未だ捜査資料はないものの、現時点で吉田が入手し得る詳細を那智本人から聴き取った覚書のような内容だ。那智は捜査本部から再三取り調べを受け、最終的に員面調書に署名・捺印している。記憶力の良さで取り調べ担当から質問されたことと答えをかなり再現しているらしい。

送検されると検事調べがあり同様に取り調べを受けるが、質問される内容は警察で訊かれることとほぼ同じだ。従って検事が作成する検事調書は員面調書が基になっている訳で、法廷での攻防を想定する参考になる。しかも警察の捜査の進捗と那智本人の行動が併記されているので、事件の全体像を俯瞰《ふかん》するには最適のテキストでもある。

那智貴彦（逮捕時の年齢は三十四歳）は埼玉県飯能《はんのう》市の生まれで、医大入学を機に都内江戸川《えどがわ》区に転居した。物心つく頃から高校入学までは自分の性向はごく一般的だと思っていた。

『高二くらいですかね。女性に関心があるにはあるんですが、対象が別に生きていても死んでいても同じなんじゃないかと考えるようになって。自分にネクロフィリア（死体愛好）の性向があると自覚したのは、やはり医大に入ってからです。解剖実習で若い女性の検体を担当した時、ずっと勃起していましたからね。生きている女性の裸を前にした時よりもずっと興奮していたんです。いつか死んだ直後の女性を犯してみたいと思うようになりました』

第一の被害者関戸亜美の事件は昨年の八月四日に発生した。翌早朝、愛犬とともに千住の荒川河川敷を散歩していた老人が彼女の死体を発見したのだ。

既報の通り死体からは子宮が取り除かれているが、死因は失血性ショック死ではなく窒息死だった。

『絞殺に使用したのは市販のビニール紐です。首を絞めるのに手頃で、大量生産されているものなので足がつかないと考えたんです』

関戸亜美を最初の標的に定めたのは、帰りの電車内で彼女を見掛けたのがきっかけだったと言う。

『以前から獲物を漁《あさ》っていたんですが、なかなかこれという女性に巡り合えなくて。でもビニール紐とメスはいつもカバンの中に入れていたので、標的さえ定まればいつでも行動に移すことができたんです』

関戸亜美を絞殺した後、那智は彼女の死姦《しかん》に及んでいる。大抵の者は死姦と聞いて眉を顰《ひそ》めるだろうが、氏家は単なる性癖と捉えている。要点は死姦のために殺人を犯しているかどうかであり、厳密に言えば、単に静物となった死体をいくら凌辱《りょうじょく》しようが法律上は死体損壊罪にもならない。

『子宮を切除した理由は、単純に膣内に残存した精液を採取されたくなかったからです。初めての試みということも手伝い、切除には手間取りました。上着にも結構な血が付着したので、帰る時には丸めて小脇に抱える羽目になりました。切除した子宮は川に放り込みました。水中の腐敗速度が空気中の半分であるのは知っていましたが、あの辺りはウグイやオイカワといった雑食性の魚が群棲しているので、腐敗するより早く片付けてくれると計算したんです。実際、子宮は残骸すら見つからなかったでしょ』

関戸亜美を死姦した那智は、しかし得られたのが排尿程度の快感でしかなかったことに不満を覚える。

『何というか、もっとめくるめくような体験を夢見ていたんですよ。最初は緊張していて殺害も死姦も慌《あわただ》しかった。だから二回目はもっとリラックスした状態で愉《たの》しむべきだと考えました』

二人目の犠牲者藤津彩音に目をつけたのは同年十月下旬だった。同僚宅へ向かう西武池袋線の電車の中で、ひどく興味をそそられる対象に出くわした。それが藤津彩音だった。もっとも彼女の生活パターンが不定であったなら悲劇は起こらなかったに違いない。不運だったのは、まるで判で押したような生活を繰り返していたことだった。

藤津彩音が入間市駅で下車すると、那智は彼女の後を尾行し自宅までの帰路を覚える。都合のいいことに、彼女の住まいは入間川にかかる豊水橋《とよみず》を渡った場所に位置していた。

十一月六日、那智は前回と同じ時間帯・同じ車両で藤津彩音を目撃し、それが彼女の運命を決めた。

『最初に見た時から彼女に心惹《ひ》かれました。理由ですか。もちろん体型ですよ。関戸亜美さんは華奢なモデル体型でしたけど、後から考えるとそれが満足できない原因だったんですね。動かなくなった膣にペニスを挿入したところ、あまり圧迫感がなかったんですね。彩音さんの安産型のヒップを見た瞬間、僕が理想としていたのは彼女の体型だったと気づいたんです』

下車した藤津彩音が豊水橋を渡ろうとした瞬間、那智は背後から彼女の首を絞め、やがてぐったりとした彼女を河川敷まで運ぶ。

『あの時間帯、道路も河川敷も人通りが絶えるのは前回の尾行で確認済みでしたから。あそこは女性の一人歩きは危険です。いったい自治体と警察は何をしているのかと、本気で心配になりましたよ』

河川敷で藤津彩音を死姦した後、那智はやはり子宮を切除する。

『二回目ということで解剖用のエプロンまで用意しましたけど、案に相違して返り血はさほど浴びませんでした。現場を下見したのがよかったんでしょう。終始落ち着いて行動することができました』

藤津彩音の死体はそのまま放置し、子宮は前回と同様に川へ流した。捜査の進捗を考えると、那智の判断は正しいものだった。捜査本部は第二の事件では手掛かりらしい手掛かりを何一つ得られなかったようなのだ。

那智にとっての陥穽《かんせい》は第一の事件に潜んでいた。

『取り調べの時に教えられたんですけど、関戸亜美さんを死姦する際、精液の一部が地面にこぼれてたらしいんです。ちゃんと死体の下に紙を敷いていたんですけど、暗がりだったのでつい見落としたんでしょうね。警察にしてみれば、精液から分析したDNAを持つ人物を捜し出しさえすればよかったんです。二件目の犯行を終えた段階ですっかり安心しきっていた僕は、完全に思い上がっていました』

そして三件目、安達香里の殺害。これについて那智はほとんど供述していない。本人が犯行を否認しているから当然といえば当然なのだが、取り調べ担当の刑事が一方的に事実を述べるだけだった。

本年、松が取れたばかりの一月八日、市川市河原の河川敷で安達香里の死体が発見される。捜査本部が那智を逮捕したのはそれからひと月後のことだが、本人は我が身に迫る危機について何ら感知し得なかった。

『だって当然でしょう。僕は二つの殺人を完璧にやり果《おお》せたと信じていたのに、いきなり部屋にどどどどっと踏み込まれましたからね。警視庁に連行されて取調室に放り込まれて、いきなり口腔内に綿棒を突っ込まれた時には、ああどこかで髪の毛か体液を採取されたと観念しましたけど、三人目の犠牲者と言われても安達香里さんの顔なんて見たこともない。七日の午後十一時から深夜一時までどこで何をしていたかと訊かれたので、それが安達香里さんの死亡推定時刻だというのは見当がつきましたけど、何せ一人暮らしですからね。前の二件は僕の犯行だからアリバイがないのは当然としても、やっぱりその日のアリバイだって証明のしようがないんですよ。抗弁しても警察は三件とも僕の犯行だと決めつけているし、一件目の殺人については現場から採取された精液がＤＮＡ鑑定の結果、僕のものと一致するし、完全に退路を断たれたって感じですよ』

　吉田のメモは、最後にＤＮＡ鑑定を行った吏員の名前が走り書きされて終わっている。鑑定報告書を突き付けられた那智が、片隅に記された担当者名を憶えていたのだ。全てを読み終えた氏家は静かにノートを閉じ、吉田との会話を反芻《はんすう》してみる。

　那智貴彦は終始理性的であり、思考の乱れも矛盾も見当たらない。少なくとも検事調書がこの供述内容通りだったとしたら、刑法第39条の適用は困難だろう。

　那智の正常性はネクロフィリアを性的嗜好《しこう》の一つとして捉えている点だ。無論ネクロフィリアを異常性愛と断ずる向きもあるが、少なくとも己の性的嗜好を客観的に捉えられる時点で心神喪失も心神耗弱も有り得ない。

　ではやはり永山基準の『被害者の数』に鑑みて三件目の犯行を否認しているのか

――いや、それにしては犯行態様に問題があり過ぎる。残虐性の解釈や線引きが明確でないにしても、死姦の後に証拠隠滅の目的で子宮を取り除いたのでは十人のうち九人までが眉を顰めるのではないか。

自分一人で惑っていても仕方がない。氏家はドアを開け、研究室の隅に座る彼女に声を掛けた。

「橘奈《たちばな》くん、来てくれないか」

呼ばれた橘奈翔子《しょうこ》は作業中の手を止めて、こちらにやってきた。

橘奈翔子は〈氏家鑑定センター〉でDNA鑑定を担当している。いずれは彼女の許《もと》にいく案件なので、今から予告しておいた方がいいだろう。

氏家は鑑定全般について知識も経験も十二分にあるが、可能な限り担当の研究員に作業を任せるようにしている。知識と経験値は作業の量に比例する。一人でも多くのオーソリティーを育てるためには丸投げも必要だ。進捗が遅いとつい仕事を奪いそうになるが、氏家はその度に自分を戒めている。

吉田からの依頼内容を簡潔に伝えてからノートを差し出した。

「読んでください」

ノートを受け取った翔子はPC用の眼鏡をくいと直して文面に視線を落とす。

女性にとって間違いなく胸糞の悪くなる内容だ。普通なら数行読んだ段階で顔を顰《しか》めるだろうが、翔子に限ってそういうことはないと安心している。プライベートではともかく、仕事上は感情よりも論理を優先できる女だった。

果たして読み終えた後、翔子は無表情のまま口を開いた。

「最悪ですね」

予想していた言葉なので驚きはしなかった。

「連続通り魔事件はわたしもニュースで聞き知っていましたけど、那智の供述を読むと改めて虫唾《むしず》が走ります」

「だろうなあ」

「那智は何を目論《もくろ》んでいるのでしょう。死刑回避が目的としても、被害者の数だけで争える案件ではないような気がします」

「同感だね。ただし吉田先生も受任したばかりだから、那智との距離感を摑めないみたいだ。現状は三件目の犯行を否認する弁護方針だけど、今後はどうなっていくのか分からない。分かっているのは、ウチにＤＮＡ鑑定の依頼が来るということくらいだ」

「つまり、わたしが那智の弁護の片棒を担ぐわけですね。稀代の殺人鬼というか、ネクロフィリアを自認して恬《てん》として恥じない人殺しの」

表情に変化はないものの、那智に対する嫌悪感が溢れ返らんばかりの口調だった。

「橘奈さんが気が進まないのなら、僕が担当しても」

「気が進む、進まないで仕事をするのはアマチュアに過ぎない。所長はいつもそう仰《おっしゃ》っているじゃありませんか」

翔子はノートを突き返す。

「給料をもらっているプロの身分で、わたしに仕事の拒否権はありません」

「橘奈さんの、そういうところが好きだなあ」

「なるはやで那智の体液のサンプルが欲しいですね」

言われるまでもない。公判が始まれば、検察側がサンプルの提供を渋る可能性が皆無ではない。

「吉田先生の帰り際に、ちゃんと唾液採取用の簡易キットを渡しておいた」

「所長の、そういう手際の良さは好きです」

翔子はにこりともせず言う。

「このメモでは語られていませんが、捜査本部は三件全てから那智の遺留物を採取したのでしょうか」

「どうかな。連続通り魔事件は世間やマスコミにえらく騒がれて、捜査本部にも外部からの圧力があったように思う。二件目三件目と進むにつれて、捜査陣が焦っていったのは容易に想像できる」

「最初に採取できた精液のＤＮＡ鑑定だけで、残り二件についても一点突破を図った。そういう経緯なんでしょうか」

「事件を担当した専従班と指揮した管理官が誰だったか知りたいものだね。警視総監からの叱咤《しった》が入ったそうだけど、警視庁にも色んな人間がいる。鶴の一声に怯《おび》える者、従う者、過剰反応する者、耳が聞こえないふりをする者。処し方は様々です」

「所長は耳が聞こえないふりをしていた組ですか」

どうも自分は研究員から、科捜研のはみだし者と決めつけられているきらいがある。間違いではないものの、はみだし者が鑑定センターの所長を名乗ることに疑問を抱く者もいるだろうから、その第一印象は早急に払拭したいものだ。

「世間の耳目を集める重大事件に限って、細部の捜査が疎《おろそ》かになるケースがある。捜査本部の目が犯人ではなく、警察上層部や世間を見ている時がそうです。吉田先生はそれを疑っているかもしれません」

「疑ったところで、那智が最低でも二人を殺害したのは明らかじゃありませんか」

「あくまでも那智の供述を信用するならです。ひょっとしたら彼は最初の一人しか殺害していない可能性だってある」

翔子は意外そうな顔を見せた。

「どうして那智がそんな偽証をする必要があるんですか」

「あくまでも可能性です。同様に彼が三件の殺人を実行したというのも可能性に過ぎません。だから橘奈さん」

氏家は翔子を正面に捉える。

「あなたには一切の先入観を捨てて鑑定に臨《のぞ》んでほしいんです」

「このノートを見せた上で、ですか」

「見せた上で、です」

何も知らされずにサンプルを分析したのでは意味がない。サンプルの主が誰で、どれだけ卑劣で悪辣な容疑者なのかを知った上で尚、先入観を排除できるか。そこに鑑定人としての伸びしろが生まれる。

翔子はこれ見よがしに短く嘆息してみせる。

「所長はいつも厳しい条件を押しつけてくるんですね」

「橘奈さんは甘やかされたいですか」

「いいえ。克服できない試練は与えられないといいますから」

翔子は一礼して所長室を出ていった。見上げた心意気で、氏家は頼もしくなる。

これで翔子への根回しは終了した。後は公判前整理手続で先方の捜査資料が提出されるのを待つ。

いや、もう一つあった。

吉田でもなく翔子でもなく、己に向けての注意喚起が残っている。

氏家は再度吉田のノートを開き、末尾に走り書きされた科捜研の吏員の名前を凝視する。

黒木康平《くろきこうへい》。

年齢は四十四歳で氏家と同い年。おそらく検察側が提出する証拠物件の数々は黒木が中心になって纏《まと》めたものになるだろう。

氏家のような独断専行さは微塵《みじん》もなく、絶えず周囲の空気を読み、己を殺し、個よりは和を尊び、職務にはとことん忠実な男だった。あらゆる面で氏家とは対照的で、だからこそ一時は科捜研を背負って立つ二本柱などと囃《はや》し立てられたものだ。

黒木こそ氏家が鎬《しのぎ》を削りあう好敵手であり、同時に刎頸《ふんけい》の友だった。

3

氏家の許を訪れた数日後、吉田は公判前整理手続のために東京地裁へ出頭した。初公判前に裁判官と検察官、そして弁護人が証拠や争点を絞り込んで審理計画を立てるのだが、この際に検察官および弁護人には一定の証拠開示義務が課せられている。

吉田が本日の協議に臨んだのは規定の手続きであるのも然《さ》ることながら、検察側が握っている証拠の概要が把握できるからだった。捜査本部がどういった経緯で、そしてどの段階で那智を容疑者として注目していたのか、また第一の事件のみならず第二第三の事件において那智の犯行と特定した物的証拠は何だったのかを確認できる。

前職の検察官時代から東京地裁には通い慣れているが、弁護士業に転身した途端、肌合いが微妙に変化した。まるで自宅の庭のようだった庁舎内を歩いていても、どこかよそよそしさを感じる。

理由は明白だった。同じ案件を扱っていても、検察側と弁護側では捜査能力と証拠物件の量に雲泥の差がある。捜査権を持つ者と持たざる者の違いと言えばそれまでだが、他にも裁判所と検察庁の馴れ合いぶりが目につくようになった。裁判官室に検察官が訪れるのは珍しいことではない。弁護士を交えない一対一の法廷外弁論も特に違法ではなく、現に検察官時代の吉田自身が日常的に裁判官室に出入りしていた。こうした法廷外弁論が公判を円滑に進めるためには有益なのだと信じて疑わなかったが、弁護側に立ってみれば癒着以外の何物でもないと考えるようになった。我ながら現金だとは思うが、立場を変えなければ見えないものは少なくない。

指定された部屋では、裁判官と検察官が先着していた。

「お待たせしました」

「いや、我々が約束より早くいただけのことです」

増田秋希《ますだしゅうき》判事は穏やかな笑みとともに空いている椅子を勧める。判事歴二十二年、今回の事件では裁判長を務め決して偏向した思想の持主ではないが、昨今頻発する凶悪事件については厳しい判決を下す傾向にある。

「失礼します」

着席すると、隣に座る検察官が形ばかりの会釈を投げてきた。

東京地検一級検事、谷端義弘《たにばたよしひろ》。今回の公判担当検事で吉田と雌雄を決する相手だが、それを差し引いても彼とは因縁がある。細い眉と光の乏しい目、加えて薄い唇が冷徹そうに見えるが、吉田の知る谷端も印象通りの男だった。

「では始めましょうか」

増田判事の声を皮切りに協議が始まる。互いの持ち札を開く作業なのだが、吉田の持つカードは呆《あき》れるほど少ない。接見時に聴取した那智の供述とプロフィールくらいだが、供述にしたところで員面調書や検事調書の内容に勝るとは思えない。

公判前整理手続で行われるのは次の通りだ。

（1）訴因・罰条を明確にさせるとともに、追加、撤回又は変更を許すこと
（2）公判期日においてすることを予定している主張を明らかにさせて事件の争点を整理すること
（3）証拠調べの請求をさせ、その立証趣旨、尋問事項等を明らかにするとともに、請求に対する意見（刑訴法326条の同意の有無も含む）を確かめ、証拠調べをする決定又は却下の決定をし、証拠調べをする決定をした証拠について証拠の取調べの順序及び方法を定め、証拠調べに関する異議の申立てに対する決定をすること
（4）鑑定の実施手続きを行うこと（裁判員裁判に限る）
（5）証拠開示に関する裁定を行うこと
（6）被害者参加手続きへの参加決定又はこれを取り消す決定をすること
（7）公判期日を定め、又は変更することとその他公判手続きの進行上必要な事項を定めること

口さがない連中には法廷という舞台のシナリオ作りと評されるが、あながち間違いではない。元より公判前整理手続は充実した公判審理を継続的、計画的かつ迅速に行うため平成十六年の刑事訴訟法改正で盛り込まれたものだが、計画的かつ迅速という文言だけが暴走している感がある。

まず手続きの最初に検察側が証明予定事実を提示する。これは公判における冒頭陳述とほぼ同じものだが、公判前整理手続ではその事実を支える証拠の請求までさせる。次に弁護人が検察官の請求証拠に対して意見を述べようとするなら、書面（予定主張記載書）を提出しなければならない。しかも検察側は証明予定事実記載書を繰り返し何通も提出するので、手続きが一度で終わることはまずない。

本来は法廷で行われるはずのやり取りが非公式の場所で行われる。つまり事実認定がその場で完了してしまうことになる。事実認定が進む一方で弁護人の反論が披露されれば自ずと争点が明らかになり、裁判官には事件の筋が見えてくる。裁判官は法廷審理の時間と手間を短縮するために検察側の証拠書類を次々採用していこうとする。

こうなると弁護側は防戦一方を強いられる。検察側が請求した証拠書類に弁護側が不同意を示そうものなら、裁判官が暗黙のうちに同意を迫ってくる。二対一、双方に攻められて弁護側は不同意を一部不同意に変えさせられる羽目となる。

検察側の証拠書類が認められる度に、法廷で尋問する証人の数が減っていく。これもまた審理の短縮に寄与するから、裁判所にとっては好都合だ。何のことはない。公判前整理手続が終了した段階で裁判官は判決を書ける状態になっている。

　裁判員裁判の場合は、この傾向が更に裁判所の有利に働く。全ての証拠書類とやり取りを熟知している裁判官に対して、選任されたばかりの裁判員は徒手空拳なので情報量に圧倒的な差異が生じる。情報に乏しい者は当然ながら誘導され易くなるので、ここでも裁判官が有利に事を進められる。かくて審理は計画的かつ迅速に行われるが、片や被告人は不利になる一方だ。検察側の証拠をあらかた認め、証人尋問もなく、裁判員は裁判官の言いなりでは最初から争う余地すらない。

　これが公判前整理手続の現状だった。検察庁勤めの時には都合のいい手続きくらいにしか捉えていなかったが、弁護人の立場になって偏頗《へんぱ》的な制度であることを思い知った次第だ。もちろん吉田は検察側有利な慣例に従うつもりはない。増田判事からいかように攻められても検察側提出の証拠書類にことごとく不同意を示す覚悟で出頭している。

「最初に申し上げますが」

　二人が口を開く前に増田判事が切り出した。

「検察官も弁護人もご承知でしょうが、本案件は犯行態様の異常性から世間の注目を集めています。マスコミの一部では、早くも裁判員を特定する動きが出ています」

　宜《むべ》なるかなと吉田は思う。行儀のいいメディアが詳述を避けても、今は露悪趣味に徹したメディアがその十倍ほども存在する。女性を殺害し、死姦した後に子宮を摘出して廃棄するなど近年稀に見るほどの残虐性であり、公判に大衆の耳目が集まるのは当然だった。しかも被告人那智貴彦は社会通念上エリートに分類される勤務医だ。那智個人への下世話な興味も騒ぎに拍車をかける一因となっている。

「気の早い話で、初公判の傍聴席はネットオークションの対象になっているとも聞きました。現時点でこの体たらくなので、いざ公判が始まればもっと喧《かまびす》しくなるでしょう。選ばれた裁判員に限らず、お二人にも取材や接触を試みる者がいるでしょうからご留意いただきたい」

判事がこんな注意を喚起することは滅多にない。吉田もつい気になった。

「しかし、いざ公判が始まってしまえば多少は落ち着くのではありませんか。いくら犯行態様が猟奇的だからといって、カルト教団の裁判じゃあるまいし、そこまでヒートアップはしないでしょう」

「マスコミの報道合戦を危惧しているのは、何もわたしだけではありません」

奥歯にものの挟まった言い方で、報道の過熱を案じているのが増田判事の上司であるのが窺える。とすれば地裁刑事部の部長か、さもなくば最高裁辺りの誰かなのだろう。

「裁判官の判断が世情や外圧に影響されることはありませんが、裁判員の方々は一般市民です。彼らの平穏を乱すような騒ぎは排除されるべきです」

「裁判員の身辺は警護されているのですか」

「生憎《あいにく》、裁判所にそこまでの予算はありません。検察官や弁護人の身辺も同様です」

「まあ、司法記者に非常識な者はおらんでしょうが、殊《こと》この類いの事件には雑誌記者とかも押し寄せてきますからもちろん注意はしますよ」

谷端は些細《ささい》な問題だと言わんばかりの口ぶりだった。

「しかしわたしは庁舎から庁舎の移動で記者たちが接触できる可能性は少ないですよ。心配するならわたしよりも弁護人の吉田先生じゃありませんか」

こちらを一瞥《いちべつ》もせずに言い放つのは、暗に吉田が多忙でないのを皮肉っているからだろう。現に横顔が冷笑に歪《ゆが》むのを、吉田は見逃さなかった。

「たとえ記者連中に取り囲まれてもひと言だって喋りはしません」

「そう願いたいものですね。もっとも最初から旗色の悪い裁判で何を言えるものでもないでしょうけど」

いちいち角の立つ話し方をするのは明らかにこちらを挑発しているからだ。吉田はありったけの自制心を動員して無視を決め込むことにする。

「それでは検察官、請求証拠の開示をお願いします」

増田判事の求めに従って、谷端は証拠の一覧表を二人に提示する。記載されているのは供述調書を除く、犯罪事実を示した甲号証の一覧だ。現場から採取された毛髪・体液・下足痕《げそこん》。三人の死体写真と解剖報告書。那智の居室を家宅捜索した際に押収した私物の一覧。そして那智自身の血液型とDNA型の種類。殺人事件一件でも開示される証拠物件は相当な量に上るが、三件分ともなれば一覧を眺めるだけでも数十分を要する。

内容を紐解けば、一件目の関戸亜美の場合は現場に残っていた精液が決め手になっていた。そして二件目の藤津彩音と三件目の安達香里の場合は死体に付着していた犯人の汗だった。つまり犯人は死姦に励んでいる最中、うっかり死体に自分の汗を落としていたらしい。

一覧に挙がっているのは那智と残留物のＤＮＡが一致したという、言わば計算式の提示されない結論のようなものに過ぎない。どういった経緯で那智が捜査線上に浮かんだのかは、読む者が類推するしかなかった。また類推を実証するには証人を尋問するしかない。

「被告人の供述調書を拝見できますか」

「どうぞ」

谷端がぶっきらぼうに差し出した書類を受け取る。中身は接見時に那智本人から聴取した内容とほとんど変わらない。那智の記憶力が優れているのが証明されたかたちだが、だからといってこのまま認めては争点すら不利に設定されてしまう。

「ＤＮＡ鑑定については三件とも不同意です。また供述調書も同意できません」

案の定、増田判事と谷端は硬い表情になった。

「供述調書は検察側の作文だとでも主張するつもりですか」

谷端の言葉は刺々《とげとげ》しいが、増田判事がこちらに向ける視線も負けず劣らず尖《とが》っている。

「接見時、被告人は三件の殺人について否認したのですか」

「供述調書にあるように三番目の犯行について否認しています。しかし一件のみ否認というのは弁護人として腑《ふ》に落ちない部分があります。更に言えば、被告人が公判で今までの供述内容を覆すのは珍しいことではありません」

「弁護人は被告人が嘘を供述していると考えているのですか」

「可能性は捨てきれません」

「どうかと思いますがね」

言下に疑義を差し挟んだのは谷端だった。

「検事調べの心証では、那智は決して馬鹿ではない。むしろ水準以上の知能の持ち主だ。第一の事件では自分の精液を現場に残すという失態を演じているから到底言い逃れはできない。大方、永山基準が頭にあるんじゃないのか」

やはり谷端も同じことを考えていたか――気分のいいものではないが、法曹界の住人だから思考が似るのも当然だった。いわんや吉田の前職は谷端と同じ検察官だ。

「被告人が何を考えているのかはともかく、今はどんな当て推量も無意味です。弁護人としては被告人の一番の利益を考えるだけです」

この瞬間、那智の事件は量刑ではなく認否が争点となった。増田判事は平静を装っているが内心は舌打ちをしているかもしれない。谷端に至っては今にも鼻で笑い出しそうな顔をしている。

「では弁護人は次回までに予定主張記載書を提出してください」

増田判事は極めて事務的に言う。多分にうんざりしたように聞こえるのは、吉田の被害者意識だろうか。

裁判官室を退出する時、図らずも谷端と同時になった。思い起こせば、廊下でこうして並ぶのも吉田が検察官だった時以来だ。

横に並ぶのも気が進まなかったが、だからといって無視を決め込むのも子どもじみている。

「まさかあなたが公判の担当検事とはな。意外だった」

「東京地検に勤める検事は五百六十六人きりだ。吉田先生が刑事弁護を続ける限り、いつかは法廷で顔を合わせる。確率の問題だ」

「さっきの増田判事の話ではないが、地検にも有形無形の圧力があるのか」

「関係ない」

言葉を交わすことさえ嫌なのか、谷端の返事はひどく素っ気ない。

「圧力があろうがなかろうが、検察は那智を徹底的に断罪する。三人の若い女性を死姦するために殺害しただけでも極刑に値するが、那智はその上で死体損壊まで仕出かした。ヤツを絞首台に送れなかったら、それこそ末代までの恥だ」

検察官ならではの物言いだが、人一人を死刑台に送ることに誇りをかけるというのはやはり不健全な印象が強い。

だが、それは現在の吉田が弁護士という立場だから感じることであり、検察官時代に自分がそうでなかったとは言い切れない。吉田自身、自分の起訴した被告人が死刑台の露と消えた時、儚《はかな》さと同時に得体の知れない達成感を味わっていたではないか。

「死刑を求刑するのか」

「他にどんな処罰がある」

「そうまで自信満々なのは、警察と検察の捜査手法に揺るぎがないからか」

「吉田先生がいた頃よりもレベルはアップしている。科学捜査も日進月歩だ」

「現場から採取された残留物が那智のDNAと一致したのは分かっている。だが、DNA型が判明したからといって、どういう経緯で那智が捜査線上に浮かんできた。彼に前科はない。事件以前の資料もなかったはずだ」

折角二人きりになれたのだから、増田判事の前では訊けなかったことを訊いてやろうと思った。敵方に直接探りを入れるのは業腹《ごうはら》だったが、依頼人の利益を考えれば吉田自身の意地などものの数ではない。

ところが谷端は吉田の思いを見透かしたかのように冷笑を浮かべる。

「どうやって容疑者を絞り込んだかだって。そんなもの、地道な訊き込みと現場百回に決まっている。警視庁には優秀で勤勉な捜査員が揃っているからな」

あからさまにはぐらかされている。換言すれば、那智を犯人と特定した経緯は自慢する性質のものではない可能性があるのだ。

隠そうとするものには何かしらの真実が潜んでいる。調べてみる価値は充分にありそうだった。

「まさか吉田先生。公判担当のわたしから捜査情報を得るつもりでしたか。だとしたら楽観的に過ぎる」

谷端は冷笑を引っ込め、じろりとこちらを睨んできた。

「あなたが退官した時、一番喜んだのはわたしだ。もう同じ庁舎で顔を見る機会がなくなりましたからね。そして一番悲しんだのもわたしだ。あなたを潰す機会が永遠に失われましたからね」

二人きりだから、真情を吐露できる。谷端は遠慮会釈なく憎悪を浴びせかけてきた。根に持つ男であるのは承知していたが、面と向かって言われればそれなりに反論したい気分になる。

最初は些細な失敗だった。

東京地検に勤めていた頃、吉田がある傷害事件で公判を担当した際、同事件の捜査担当が谷端だった。本来追起訴が予定されていたのだが、急遽予定が変更になり、次回結審の運びとなった。

捜査検事が書面を作成し、公判検事が法廷でそれを読み上げる。完全な分業制で、大規模な地検では慣習となっているが、この時はそれが災いした。急な予定変更により弁護士と情状証人が押っ取り刀で法廷に駆けつけた中、吉田は論告《ろんこく》を始めた。今までの流れで審理の趨勢《すうせい》は分かっている。今回も検察側有利のまま事が進んでいる。論告求刑は最後の締めのようなものだった。

低いが朗々とした吉田の声が法廷に響き渡る。後は量刑を告げて終わりという段になって、吉田の目は点になった。事前に谷端から渡された書面に記載されていたのは次の一文だった。

『求刑　懲役　年』

数字の部分が空欄だった。

谷端が書き忘れたとしか思えない。本当なら追起訴の予定だったから数字を入れるのをすっかり失念したのだろう。

「検察官、どうしましたか」

絶句した吉田を見て裁判長が声を掛けてきたが、その声が一層焦らせた。

本来、求刑は起訴の段階で捜査検事が決めるものだ。無論、次席検事なり部長なりの決裁を経て決めるものであり、ヒラの公判検事が即興で決めていい筋合いではない。

だがここは結審の場だ。弁護人と情状証人には無理を強いてもいる。まさか求刑は捜査検事が決めるので自分には権限がないなどとは言えない。

さあどうする。

咄嗟《とっさ》に頭を過ったのは、検察官は一人一人が独立した司法機関であるという大原則だ。求刑には上司決裁が必要というのは、あくまで庁内の決まり事に過ぎない。

幸い、被告人の行状も妥当と思われる懲役年数も頭に入っている。要は吉田自身が独断を怖れるかどうかの問題だった。

「検察官、求刑を」

再度の催促に、口が開いた。

「懲役十五年を求刑します」

口に出してから脱力感と緊迫感両方に見舞われた。

裁判長から判決言い渡しの日時を告げられても心ここにあらずの状態で刑事部部長の許へ走った。もちろん求刑年数空欄の書面を握り締めたままでだ。

吉田から報告を受けた部長は問題の書面を見るなり仰《の》け反《ぞ》った。

「年数も決めないまま論告を起案したのか」

全ては谷端のケアレスミスと、吉田との連絡不足が招いた失態だった。不幸中の幸いは、急場しのぎに吉田が弾き出した求刑年数が妥当な長さだったことだ。少なくとも検察側が赤っ恥を掻《か》かずに済み、裁判所や弁護側に迷惑をかけることもなかったので、吉田は逆に評価された。

一方、部長および次席検事から大目玉を食らったのが谷端だった。

う肚《はら》か」

「空欄に数字を入れればいいというのは、数多《あまた》の案件をひな形に収めて済まそうとい

「そもそも求刑部分が空欄の論告を書けたのは、被告人を悪し様《あざま》に書いておけばいいという増長が招いたものではないのか」

「法廷で書式の空欄が知れたら、どう責任を取るつもりだ」

吉田が高評価を受けるのに反比例する格好で、谷端は評価を落としていく。正式に谷端の譴責《けんせき》と減給が発表されたのは、それから一週間後のことだった。

以来、谷端は吉田を敵視している。失態の原因が己にあるにも拘わらず、事ある毎に吉田を陥れようとした。子どもじみた振る舞いだが、いい歳をした大人の逆恨みだから余計に始末が悪かった。

いつしか庁内には吉田を貶《おとし》める噂が横行し始めた。

吉田は係争中の女性被告人と情を通じているらしい。

吉田は事件関係者から金品を受け取ったそうだ。

吉田は某女性判事を恫喝《どうかつ》して審理を有利に進めているに違いない。

噂どころか根も葉もないデマだったが、出処は分かっていた。吉田にこうまで悪意を向ける心当たりは一人しかいない。しかし出処の見当がついても証拠がなければ文句も言えない。

具合の悪いことに、吉田もまた聖人君子ではなかった。悪意には悪意で対抗するま

で、論告求刑空欄の顚末《てんまつ》を面白おかしく吹聴し始めた。同僚の検察官に繰り返し披露するだけだが、同じ話を反復していれば抑揚の調節や笑いのツボが分かってくる。その上こちらは噂ではなく、本人が語る実話だから声を潜める必要もない。ただの愚痴が一席の笑い話に昇華するのに、さほどの時間を要しなかった。

受ける笑い話を大声で繰り返していれば、嫌でも本人の耳に入る。谷端は烈火のごとく怒り狂ったが、懲戒処分を食らった身では返す言葉もない。結局、対抗手段はより醜悪な噂を広めるしかなく、より醜悪な噂は吉田の声をより大きくさせる。悪循環の末に辿《たど》り着いたのは、二人を会わせるのも憚《はばか》られるような憎しみあいだった。

お互いに年甲斐もなく幼稚だった、と今なら言える。元々検察官同士は顔や言葉に出さないまでも反目と確執の仲だ。二人の場合、それが顕在化し膨張に膨張を重ねた感がある。吉田がヤメ検になったことで少しは緩和されたかと思ったが、大間違いだったようだ。

以前と変わらぬ執拗さを漂わせる谷端だが、最低限の釘は刺しておかなければならない。

「江戸の敵《かたき》を長崎で討つつもりならお門違いだ」

「法廷での借りは法廷で返す。法曹界に生きる人間なら、せめてそういう言い方をしてほしいものだな」

「わたしへの恨みと那智への処罰には何の関連もないだろう」

「もちろんです。しかし有罪判決が結果的にあなたへの意趣返しになれば、あながち無関係でもなくなる。那智が死刑判決に頭を垂れた時、あなたが自分の不徳に思いを馳《は》せたのなら、その日の酒は更に美味《うま》くなる」

「公務に私怨を交えるのは褒められた話じゃない」

「同僚のミスを電光石火の早さで上司に告げ口するのは褒められた話ですか」

「ミスは速やかに報告するべきだ」

「上司の前に、本人に告げる程度の配慮もないのかな。よほどわたしを陥れたかったとみえる」

これ以上話す気はないとばかり、谷端は吉田を置き去りにして歩き出す。

「精々、精緻極まる予定主張記載書を作成してください。最大限の敬意を払って拝読しますから」

谷端はそう言い残して廊下の向こう側へと去っていった。

4

午後に訪れた吉田からは証明予定事実記載書の写しと那智の唾液サンプルを受け取った。

氏家は記載書にある甲号証の一覧に目を走らせる。物的証拠は膨大な量に上るが、やはり一番興味を惹かれるのはＤＮＡ鑑定の件だ。

「橘奈くん。お待ちかねの品が届いた」

呼ばれた翔子はまるで期待薄といった表情で立ち上がり、氏家から受け取った記載書の写しを眺める。

「ＤＮＡ鑑定自体に問題はありませんが、答え合わせみたいで味気ないですね」

「わたしもそう思う」

「やっぱり現場から採取したものを鑑定しないと意味がありません」

「吉田先生の交渉力に期待しよう。答え合わせだけでは事態が動かないことくらい、あの先生は承知している」

元は検事だった男だ。検察側と弁護側で与えられる情報量の格差については誰よりも知悉《ちしつ》しているはずだった。

「失礼ですけど、吉田先生が知略に長《た》けた人物だとは到底思えません」

「だろうね。犯罪を暴くよりは被告人を助ける商売を選んだ人だから」

「知略家というより人情家に見えます」

「わたしの人物評と一致している」

「そんな人情家に、検察側の証拠物件を奪うような真似ができるんでしょうか」

「依頼人のためならしなきゃいけないだろうね。その程度の使命感と職業倫理を持っている人だよ、吉田先生は」

「知略に長けた人というなら所長の方が適任のような気がします」

「まるでわたしが人情家ではないような口ぶりに聞こえる」

「そう聞こえるように言いましたから」

「キツいなあ」

冗談なのか本音なのか判然としない表情のまま、翔子はこちらの真意を探るように見上げてくる。

「鑑定報告書の作成者、黒木さんになっていました」

「うん」

「那智の主張を立証するというのは、黒木鑑定に疑義を提示することと同義になります」

「そうなるね」

なるべく感情が面に出ないように言ったつもりだが、翔子は何事か悟ったらしい。合点するでも困惑するでもなく、ついと視線を外した。

「黒木さんは信頼できる吏員ですよ」

「ああ、彼以上に科捜研の吏員に相応しい人間もいない。その点については橘奈さんより知ってる。彼とは付き合いが長いからね。ひょっとしたら橘奈さんともあろう者が臆したかな」

氏家ほどではないにしろ、翔子も黒木と一緒に働いていた時期がある。黒木の経験値を知る者なら当然一目も二目も置くだろうから、翔子が不安になるのも宜なるかなと思われる。

「わたしが心配しているのは、黒木さんではなく所長の方です」

「何と。わたしはそんなに信用がなかったのか」

「信用云々の話じゃなく、あの黒木さんと正面切って闘えるのかが気懸りなんです。所長は黒木さんと、とても仲が良かったと聞きました」

「うん、仲はいい方だった。でも、関係ないよね」

氏家はなるべく感情が表出しないように努める。

「科捜研は警察と検察に引き摺《ひず》られる。民間の鑑定センターは依頼人に引き摺られる。同じ案件を扱えば対立するのは自明の理だよ。いくら同じ釜の飯を食った間柄でも、先方の落ち度を突《つ》かなきゃならない。それが吉田先生の依頼内容でもあるしね」

氏家が言いきってみせると彼女なりに納得したのか、それ以上は何も言わなかった。翔子は事実記載書と唾液サンプルを抱えて、自分の席に戻っていく。

氏家が翔子を買っているのは冷静な判断力と歯に衣着せぬ物言いだった。時として諫言《かんげん》は耳に痛いが、最良のリスクマネジメントになる。周りにイエスマンを置くよりはよほどためになる。

氏家に対する人物評も、黒木を敵に回した場合の危惧も正鵠《せいこく》を射ている。翔子が指摘したことは大筋で合っているし、氏家が自問した内容でもある。

鑑定を担当したのが他の誰かなら、こんな風には決して思わない。鑑定に関する知識と経験なら氏家にも自負がある。独立して続けられる目算があったから民間の鑑定センターを立ち上げたのだ。

だが黒木だけは別だった。入庁は氏家と同じだが、科捜研では二年先輩。第一印象は謹厳実直、真面目一徹。警察官でたまに見かけるタイプかと最初は思ったが、机を並べて仕事をしているうちにどうやら違うことに気づいた。

氏家自身は科学捜査に純然たる興味を示し、新しい知識と技術の導入に余念のない学究タイプだった。犯罪者の科学的スキルが上がっているのなら、科捜研の技術と設備は彼ら以上でなければならない。傍目《はため》には任務よりも個人的興味を優先するオタクのように映っていたきらいがある。

ところが黒木は科捜研の設備が陳腐化することに、さほどの危機感を抱いていないようだった。税金で賄われる予算には限りがある。向上させるべきは設備よりも個人の能力だと、予算アップよりは吏員の切磋琢磨《せっさたくま》を優先させるべきだと主張した。つまり黒木という男は根っからの職人タイプであり、経験値に裏打ちされた泥臭い能力を評価する傾向にあった。

今にして思えば両者の考えはベクトルさえ違うものの、目指す目的地は同じだ。だが二人の個性が際立っていたため、学究タイプの氏家と職人タイプの黒木はいつしか事ある毎に対立するようになっていた。

もっとも氏家自身に対立していたという自覚はあまりない。同僚といえども、仕事を真面目に捉えていれば方向性が多様化するのはむしろ必然でもある。だが予算を度外視する傾向にあった氏家と、あくまでも予算の中で切磋琢磨に励む黒木では、上からの評価が当然違ってくる。

次第に黒木は重宝され、逆に氏家は敬遠されるようになった。表立った忌避はないものの、臨場の数と割り当てられる事件の重大性に偏りが現れ始めたのだ。幸か不幸か氏家は帰属意識が甚《はなは》だ希薄な男で、しかも判断の早い男だった。従って氏家が科捜研および警察組織に倦《う》んだのも仕方のないことだった。

やがて氏家が警察組織と決別するきっかけとなる事件が発生する。黒木も無関係ではいられなかった。

元より楽天家であるのも手伝い、氏家は滅多に過去を振り返ることがない。しかし黒木の顔を思い浮かべると、どうしても事件が脳裏に甦る。いずれにしても那智の事件を引き受けた時点で黒木と対峙《たいじ》せざるを得ないのは目に見えていた。氏家は珍しく物憂げに首を振った。

うじうじ悩むのは自分の性分ではない。束の間逡巡《しゅんじゅん》した挙句、氏家は自分のスマートフォンを取り出した。登録された電話帳には未だ黒木の名前が残っている。

先方を呼び出し、コール音を数える。

一回、二回、三回。

電話番号を変更したのか、それとも作業中で手が離せないのか。コール音が続く。

相手が出たのは九回目のコールだった。

『……もしもし』

怪訝《けげん》そうな口調だったが、黒木本人に間違いなかった。

「氏家です。久しぶりですね」

『何の用だ』

「電話で話せる内容じゃないんです。どこかで会えませんか」

『電話で話せないような内容なんて、どうせ碌な話じゃない』

「そうとも限らない。悪事だから大っぴらに話せないというのは、あなたの偏見だ。わたしに対する偏見でもある」

喋りながら氏家は自戒する。何年ぶりかで話すというのに、どうして黒木が相手だと挑発的な言葉が出てしまうのか。

「第一、偏見なら解消させる必要がある。会って話すのは有意義だと思うけどな」

『屁理屈は相変わらずか』

「屁理屈だって理屈のうちです。もし時間がないというのなら、わたしが桜田門《さくらだもん》に伺ってもいいですよ」

『来るな』

言下に答えてから、黒木は電話の向こうで咳払《せきばら》いをした。

『明日の夜八時なら空いている。〈HANAYAGI〉を憶えているか』

「へえ。あの店、まだ営業していたのか」

『もう切るぞ』

　さすが実直な男だけあり、黒木はそこで電話を切ってしまった。性格も口調も昔のまま寸分も変わらないので、氏家は何となく安堵《あんど》した。

　翌日、氏家は日比谷《ひびや》公園の前を通り過ぎ、プレスセンタービルに入っていく。黒木が待ち合わせ場所に指定した〈HANAYAGI〉はこのビルの地下一階にあった。店構えはあの頃のままだった。看板の仕様や掲示されているメニューには多少の変更があるかもしれなかったが、見た瞬間に記憶が引き戻された。

　イタリア人がオーナー・シェフを務める本格的なイタリアンレストランだが、料理だけでなく酒類も豊富で、科捜研にいた時分は週一で通っていた。ご無沙汰になったのは退官がきっかけだ。

「いらっしゃいませ」

　カメリエーレ（ホールスタッフ）の声を浴びながら店内を見回すと、奥の席に黒木が座っていた。近づくと相手もこちらの姿を認めたようだ。

「待たせたかな」

「さっき着いたばかりだ」

「さすが五分前の男。時間に正確なのも変わらない」

黒木はじろりとこちらを一瞥してから、視線をカメリエーレへ移す。依然として常連なのだろう。視線が合っただけでカメリエーレがオーダーに飛んできた。黒木が注文したのは懐かしい銘柄のワインだった。勢いで、氏家も昔愛飲していた銘柄を告げたが、カメリエーレは途端に恐縮してみせた。

「申し訳ありません。現在その銘柄は扱っておりません」

微かな疎外感を味わいながらワインリストで選んだものを注文する。カメリエーレが消えてから、ようやく黒木と向かい合った。

「少し頬が弛《たる》んだな。ちゃんと運動しているのかな」

「お前に心配してもらわなくていい」

「体調管理は奥さんに任せっきりですか」

「生憎と夫婦円満でな。俺の家庭事情を訊くために電話を寄越した訳じゃあるまい。さっさと本題に入れ」

「黒木さん、連続子宮奪取事件の鑑定を担当しただろう」

一般客がいるので、店の奥でも声を潜めて話す。心得たもので、黒木も声を落としてきた。

「鑑識報告書でも見たのか」

「彼の弁護人がウチに依頼をかけてきた」

「選《よ》りに選《よ》って、あの殺人鬼の弁護か」

「本人が指名してきたらしい」

「その弁護士も貧乏くじを引いたものだな。全世界を敵に回すようなものだ。あのケースじゃ情状酌量も難しかろう」

「それはどうかな」

まさか吉田の弁護方針を教える訳にもいかないので、言葉を濁した。

「ニュースで概要は聞き知っていたけど、鑑識報告書や剖検《ほうけん》を読んで、改めて事件の凄惨さを思い知りました。確かに彼の味方になろうとする人間は少ないでしょうね」

「受任した弁護士は人権派を名乗っているのか」

「本人にその自覚はないようですよ」

「被告人にも人権はある。耳にタコができるほど聞かされた言葉だが、ことあいつに関しては異論が百出するだろうな」

「議論百出する被告人の利益を護るために、わたしが鑑定を引き受けることになりました」

「ご苦労なこった」

「最初に鑑定したあなたに何の挨拶もないのも失礼だと思いました。せめて仁義だけは通しておこうと思って」

「それで直接会おうとした訳か。ふん、律儀なこった。黙っていればいいものを」

その時、カメリエーレが二人の注文したワインを運んできた。氏家が乾杯しようとグラスを掲げたが、黒木はグラスを合わせようともせずに唇をつける。

「ウチの所員がぼやいていましたよ。答え合わせみたいな仕事は味気ないって」

「鑑定の仕事に美味《おい》しいも不味《まず》いもない。どういう教育しているんだ」

「まあ、それは大目に見てやってください。わたし自身、仕事の好き嫌いが激しいですからね」

「女の腹を裂いて子宮を抜き出すような事件が好きか。とんだ味覚音痴だな」

黒木は不快さを隠そうともしない。

「凶悪と言われる事件に散々首を突っ込んできたが、今度のは掛け値なしに最悪だ。凄惨さも然ることながら、犯人に悪気がないのが一番タチが悪い。まるで子どもが昆虫採集に精を出すようなやり口だ。どんな環境で育ったかは知らんが、同情の余地はない」

多分、同情してくれとは本人も考えていない。そう思ったが口には出さなかった。

「タチが悪いというのはその通りでしょうね。彼の味方は国民の敵になる」

「そんな仕事を何故引き受けた。お前特有の純然たる興味というヤツか」

他の者が言えば皮肉に聞こえる言葉だが、黒木が口にするとただの疑問に感じる。こちらの性癖を全て知られているからだろうか。

「那智の弁護人になっているのは吉田という弁護士です」

「知っている。確かヤメ検だったな」

「きっと性分なんでしょうね。厄介な案件ばかり引き受ける。またそういう噂が立つものだから、余計に面倒臭い案件が彼の周りに集まってくる」

「お前も味覚音痴だから、面倒臭い案件は嫌いじゃないだろう」

「他人の手に負えない案件は研究者のスキルを上げてくれます。現にウチのスタッフは民間の、どの鑑定センターに勤めるスタッフよりも優秀ですよ」

「当たり前だ。スキルを上げるも何も、科捜研や科警研から優秀な人間ばかり引き抜いているんだからな」

別に氏家が引き抜いた訳ではない。科捜研を辞めた所員が昔の同僚と繋《つな》がっていて、鑑定センターの労働条件を説明しているだけの話だ。

「よかったら黒木さんもウチに来ませんか」

半ば冗談半ば本気で口を滑らせたが、黒木の反応はそれを後悔させるものだった。

「そういう戯言《たわごと》を二度と俺の前で口にするな」

こちらを睨んだ目には、明らかに抗議の色が浮かんでいた。

「今でもあのことは憶えている。お前だって忘れちゃいるまい。冗談でも、そんな相手を誘うふりはするな」

「ふりじゃないと言ったら」

「余計にタチが悪い。俺とお前が同じ職場でやっていけるか。まだ懲りてないのか」

黒木はグラスに残っていたワインをひと息に空けると、いかにも不味そうな溜息を吐いた。

「忠告しておくが、那智の案件はお前が手掛けたところで答え合わせにしかならん。それでいい。目立つ真似をすればするほど世間の反感を買う。公務員ならいざ知らず、民間で嫌われたら飯の食い上げだろう」

言うなり、黒木は伝票を摑んで席を立つ。

「六年ぶりの再会を祝して、この場は奢《おご》ってやる。その代わり、二度と呼び出すな」

「手痛い仕打ちだな」

「そうさせるように仕向けただろう」

黒木は肩を怒らせてレジの方へ去っていく。

氏家はグラスに残ったワインをしばらく眺めていた。

二　無謬と疑念

1

翌日、氏家が出所すると早速翔子が報告にきた。

「那智のＤＮＡ、分析完了しました」

翔子の差し出した鑑定結果を見て、相変わらず仕事が早いと感心する。

昨今、ＤＮＡ鑑定はその精度の高さで重要度を上げたが、実際の鑑定作業はかなりの手間と根気を要求される。
（１）最初に試料となる体液を含んだ部分を試験管に入れ、界面活性剤を混ぜ合わせて細胞膜を破壊する。
（２）次にプロテアーゼという分解酵素でタンパク質を破壊し、余分なタンパク質を除去する。
（3）最後に遠心分離機で染色体を解《ほぐ》し、得られたDNAを沈殿・冷却する。
ここまでがDNAの抽出と精製の過程だが、試薬の種類や量が定められた教科書がある訳ではない。しかも抽出と精製の成果はそのまま鑑定の確度を左右するので、単純作業でありながら鑑定人の技量が大いに問われることになる。
（4）抽出したDNAをサーマルサイクラー（温度変換器）の加熱と冷却によって増幅させる。
（5）増幅させたDNAをジェネティックアナライザーで分析する。
DNAには遺伝情報を持たない塩基配列（イントロン）が繰り返しになっている部分があり、その繰り返す塩基数が二個から五個までのものをSTR（マイクロサテライト）と呼ぶ。このSTRの繰り返し回数を常染色体十五カ所、性染色体一カ所で分析するのが、現在主流となっているマルチプレックスSTR検査法だ。ジェネティックアナライザーで分析するとSTRの部位ごとに繰り返し回数をパソコン画面に表示してくれる。

これだけの説明では簡便に思えるが、もちろんこれだけではない。科捜研もそうだが氏家の鑑定センターでも他の検査法を併用して鑑定確度を上げている。

一つがミトコンドリアDNA型検査法だ。ミトコンドリアは細胞が活動するためのエネルギーを生成する小器官で、一つの細胞の中に数個から数千個も含まれている。

従ってミトコンドリア内のＤＮＡは細胞核のそれよりも採取しやすく、また元々のサイズが小さいので分割されても残りやすいという長所がある。しかしミトコンドリアＤＮＡは突然変異が多く変性も激しい短所を持つ。

もう一つがＹ染色体ＳＴＲ型検査法で、Ｙ染色体上のＳＴＲの回数を調べる。ミトコンドリアＤＮＡとは異なりＹ染色体は男性にしか継承されず、父子鑑定や性犯罪の捜査に効果を発揮する。まさに那智の事件がそうだった。

那智の唾液サンプルを渡したのは一昨日だったから、翔子はわずか中一日の間に三種類の検査を完了させたことになる。仕事が早いと感心したのは、そういう事情によるものだった。

「橘奈くんに任せると、結果が早くて助かる」

「今回、結果が早いのは照合作業がないからです。本来であれば犯行現場に残留していた試料と照合しなければ意味がありません。何とかして科捜研の保管している試料を入手できませんか」

「貸してくれと言って貸してくれるようなものじゃないし、第一、試料そのものが残っていない」

瞬間、翔子は自分が聞き間違いをしたかのように小首を傾《かし》げた。

「まさか。たとえ判決が確定して終結した事件であっても、再審の可能性を考慮して試料は残しておくでしょう」

「君が科捜研にいた頃はそうだったろうし、現状もガイドラインとしては有効なのだろうけど、こと那智の事件については試料が何一つ残っていない。それどころか鑑定書も一切作成されていない」

翔子はむっとして言い返す。

「そんな。送検・起訴する段階で那智の血液型とDNA型が現場の残留物と一致している証明があるはずです」

「公判前整理手続に出向いた吉田先生が検察側の請求証拠を全部見せてくれた。向こうが提出してきたのはたった一ページの鑑定結果通知書だけなんだよ」

現物を見た時は氏家も驚き、そして大いに呆れたものだ。鑑定結果通知書に記載されていたのも、『鑑定結果は表の通り』とか『試料は全量消費した』とかの素っ気ない文章だけで、およそ興趣をそそられる内容ではなかった。敵対する格好になってしまったが、かつての職場の体たらくに溜息が出そうになる。

「試料の採取方法も鑑定過程の記録写真も説明されていない。本当に、ただの結果通知書だった」

「それは許される事案なんですか」

「許す許さないじゃなくて、運用の問題だろうね。警視庁の扱う事件ではこれが初めてだけど、他県で同様のケースを見聞きしたことがある。科捜研から届くのはファクス一枚というのが常態だった県警もある。例の、予算と人員不足というもっともらしい言い訳が大手を振って歩いているのさ」

実際、下関市《しものせき》で発生した放火・女児殺害事件では、法廷で科捜研の職員が『DNA鑑定の件数が多いので二〇〇六年からは一件も鑑定書を作成していない』と証言している。組織のこうした金属疲労が、氏家が科捜研に幻滅を覚えた理由の一つでもあった。

科学捜査で扱う検体は大抵が苛酷な条件下に長時間置かれており、絶えず不純物混入の危険に晒されている。従って一般の臨床検査よりも厳格な品質管理体制が求められ、先進諸国では各認証団体が検体の品質管理を保証している。ところが科捜研には臨床検査に必要な品質管理体制すら整っていないのだ。

「科捜研の言い訳なんて聞きたくもありません」

一刀両断だった。

「何とか鑑識が鑑定した体液の試料を入手できませんか」

「鑑定結果通知書には、『試料は全量消費した』と明記してある」

「所長は、その鑑定結果通知書が信用に足るものだとお思いですか」

「素っ気なさすぎて首を縦に振れない。作成者の誠意が感じられないからね」

喋りながら氏家は胸にちくりと痛みを覚える。鑑定結果通知書の作成者も黒木だったからだ。氏家が知る限り、黒木はこんないい加減な仕事をする人間ではない。

「わたしも同意見です。科捜研の鑑定結果通知書は信用できません。言い換えれば、試料を全量消費したという記述も眉唾ものと考えて差し支えないと思います」

「言いにくいことを、はっきり言うなあ」

「言いにくいことを言いたいから、ここに再就職したんです」

「すごく聞こえはいいんだけどさ、とどのつまりは正攻法以外の方法で試料を入手しろと言ってるんだよね」

「その人に不可能なことは望まないようにしています。わたしと違って、所長ならまだ警視庁に太いパイプがあるでしょうから」

「パイプねえ」

氏家は頭を掻きながらとぼけてみせる。かつての同僚や部下たちの何人かは、科捜研に籍を置きながら今でも氏家の鑑定センターの動向を気にしている。科捜研を辞めざるを得ないような決定的な何かが起きた時、再就職先として捕捉しているらしい。細々と年賀状のやり取りを続けている者もいる。翔子の指摘はもっともだが、パイプの存在を誇るような真似はごめんだ。

「そもそもなんですけど、どうして鑑定結果通知書だけで良しとする警察があるんですか。そんな内容で送検したところで、検察庁も納得しないでしょう」

素朴な質問に、氏家は胸の裡《うち》でああそうかと合点する。

「さっきの実例のことを言っているのなら、件の地検は特に苦言を呈することもなかったみたいだね。検察どころか山口地裁も広島高裁も懲役三十年の判決を下している」

「まさか」

「そのまさかがまかり通っているのが地方の現実でね。実際、鑑定結果通知書一枚を受け取って違和感を覚えたらしい警視庁はまだマシな方だよ」

「理解できません。それではまともに公判が維持できないじゃありませんか」

真面目一辺倒で、融通が利かない翔子は異議申し立てにも遠慮がない。警察学校で規則の何たるかを叩き込まれたまま警視庁の科捜研で採用されたから、他県の事情には詳しくないのだろう。あの時点で翔子を鑑定センターに招き入れたのは果たして吉だったのか凶だったのか。だが折角純粋培養された倫理観を下手に潰すつもりもない。ゆっくり現状と擂り合わせていけばいいのだし、それは多分所長である自分の役目だ。

「鑑識結果の詳細が知られなくても、公判の進捗に大きな影響はない。それは良くも悪くも鑑識の鑑定能力、分けてもＤＮＡ鑑定の精度に起因している。因みにＤＮＡ鑑定の精度は？」

「オーソドックスな検査法でも四兆七千億人から一人を個人識別できます」

そういう数値だから一卵性双生児でもない限り、同じ型のＤＮＡを持つ人間は存在しない理屈になる。「どんなに（Ｄ）逃げても（Ｎ）足がつく（Ａ）」と言われる所以だ。

「さすがだね。さて四兆七千億分の一というのは天文学的数字なんだけど、こんな数字を突き付けられたら弁護側はぐうの音も出ない。裁判官は心置きなく有罪判決を下せる。DNA鑑定は高精度の象徴だが、指紋鑑定・血液鑑定・毛髪鑑定・画像解析も精度が高い。だから科捜研や科警研が提出してくる鑑定結果には皆が十全の信頼を置いている」

「鑑定結果が信用されるのはいいことだと思いますが」

「何事も過ぎたるは猶《なお》及ばざるが如《ごと》しでね。信用の度合いが極端になると科学捜査が神になる。科捜研・科警研から提出された鑑定結果を誰も疑わなくなる。つまり無《む》謬《びゅう》性の問題が生じる。足利《あしかが》事件を知っているよね」

一九九〇年五月、足利市渡良瀬《わたらせ》川の河川敷で女児の死体が発見された。翌年容疑者が逮捕されるが、決め手となったのは女児の下着に付着していた体液のDNA型と容疑者のそれが一致したことだった。一審は無期懲役の判決を下し高裁が控訴を棄却、最高裁も上告を棄却したために刑が確定。だが二〇〇九年五月再審請求の末にDNA型の再鑑定が行われた結果、容疑者のものとは一致せず、事件は冤罪であったと判明する。これが世にいう足利事件だ。

「もちろん知っています。科学捜査に携わる者として忘れてはならない教訓となった事件ですから。でも一九九一年当時のDNA鑑定技術では、千分の一・二の割合で別人のDNA型が一致する可能性がありました。しかも当時、DNA鑑定は科警研に導入されたばかりでした」

「そう。技術の稚拙さと扱う人間の未熟さが相互に招いた大エラー。だけど当時は最先端の信頼できる鑑定技術であり、警察関係者も裁判に臨んだ判事たちも誰一人疑わなかった。みんな最新技術に目が眩《くら》んで、一番忘れてはいけないことを忘れていた」

「何をですか」

「人は必ず間違うという真理だよ。人間が間違うのなら、人間が扱う技術にもエラーの可能性が含まれている。その真理を忘れたから彼らは取り返しのつかない過ちを犯した。無謬性というのは、つまりそういう意味さ」

「じゃあ所長は、那智の事件にも捜査過程でエラーが混入しているというんですか」

「まだ断定はしないけど、誰もが間違うというのは心に刻んでおくべきだよ。ヒトでもモノでも妄信した時点で陥穽に嵌《はま》っている」

「常に鑑定結果を疑えという指示でしょうか。それでは何を信じていいのか」

「妄信するよりはずっとマシだよ。特に犯罪捜査の場合は絶えず何かを疑う。そうすることによってエラーは根絶できないまでも極小化できる」

氏家は手渡された鑑定結果に改めて視線を落とす。

「現場に残っていた試料の入手は考えておくよ」

「考えておくんじゃなくて入手してください」

「それなら君からも情報がほしいな」

翔子はきょとんとしてこちらを見る。

「鑑定結果は今お渡ししたのが全てですけど」

「割にプライベートな情報。今でも科捜研の誰かとやり取りはしているかな」

「一人か二人くらいは、まあ時々」

「ウチに強い興味を示している人間かな」

「小泉《こいずみ》くんなんか、よく勤務時間とか残業のあるなしを訊いてきます」

翔子が挙げたのは小泉正倫《まさとも》という職員で、確か彼女の同期だった。やや軽薄な印象があるものの、鑑定に関しては信頼できる研究員の一人だった。

「小泉くんに何かお話があるのなら、わたしから連絡つけておきましょうか」

「いや、いいよ。ケータイの番号だけ教えてくれないかな。彼に許可を得た上でだけど」

申し出は有難いが、ここは氏家自らが連絡するべきだろう。この手の話は間に入る者が多いと誤解を生じやすい。

禍根を残して退職した訳ではないが、かつての勤務先は未だに敷居が高い。科捜研の職員から連絡される分には構わないが、こちらから出向くのはやはり抵抗がある。実際氏家にしても、吉田から検察側の請求証拠を見せられるまでは先方の事情を探ることなど毛頭考えていなかったのだ。

黒木ともあろう者が鑑定結果を通知書一通で済ませていることに、まず違和感がある。科捜研のマニュアルをそのまま体現しているような黒木には、およそ相応しくない対応だ。よく知る人間、知悉《ちしつ》した組織が相応しくない行動をするには何らかの事情がある。確認するには科捜研の人間に直接訊くしかない。

ほどなくして、小泉の承諾を得たと翔子から報告があった。折を見て電話してみると、例の軽い声が出た。

氏家は懐旧の言葉を交わすより先に約束を取りつける。

小泉と会ったのは翌日の夕刻だった。氏家のいた頃から残業をしない男だったが、それは相変わらずのようだ。

場所は赤坂見附《あかさかみつけ》の駅に近いグリル&バーで、最近できたばかりの店だった。先に店に入って待っていると、約束の少し前に小泉が姿を現した。時間に遅れないのも相変わらずだ。

「どうも。久しぶりっスね、氏家さん」

店に入るなり、小泉は辺りを見回して感嘆の声を上げる。

「シャレオツな店ですねー。フロアの中央にはピアノも置いてあるし」

「置いてあるだけじゃないよ。毎週月水金は本職のピアニストが弾いてくれる」

「やっぱり民間は景気いいんスね。俺ら給料日だろうがボーナス支給日だろうが、いつだってプレスセンターの〈HANAYAGI〉ですよ」

「あそこは科捜研御用達みたいなものだから。〈HANAYAGI〉だって悪い店じゃないだろう」

「悪い店じゃないけど、所詮はサラリーマンの店でしょ」

小泉は早速メニューに目を走らせる。

「ほらー、〈HANAYAGI〉と比べても単価が全然違うじゃないですか」

「恨めしそうに言わない。好きなもの頼んでいいから」

「じゃあ遠慮なく」

有言実行も相変わらずで、小泉は本当に遠慮なく値段の張るワインを注文した。氏家にとっては願ったり叶ったりだ。早く酔いが回れば舌も滑らかになる。

ワインが運ばれてくると、小泉は早速グラスを掲げる。

「では再会を祝して……と言いたいところですけど、別に俺の顔が見たくて誘ってくれた訳じゃないでしょ」

「察しがよくて助かる」

「前の勤め先にこれっぽっちも未練のない人が、然《さ》したる理由もなしにこんな店で奢ってくれるはずないじゃないですか」

「まだ奢るとは言ってないけど」

「年下で安月給の人間を誘った段階で、奢り決定ですって」

もちろん最初から財布はこちら持ちと決めていたが、思惑を見透かされているのはいただけない。

「まあ飲んでよ」

「酔わせてどうするつもりかしら」

「……そういうジョークは苦手なんだが」

「先に酔わせようって魂胆に変わりはないじゃないですか」

小泉はにやにや笑いながらグラスを傾ける。氏家の思惑を知った上で飲もうとしているのなら、ここからは腹の探り合いになりそうだった。

「まさかヘッドハンティングとか」

「今も毛髪鑑定専門かい」

「最近は声紋鑑定と試料分析もさせられてます」

「へえ、すごいじゃないか」

「何言ってるんですか。氏家鑑定センターが翔子ちゃんとか他の人間を引き抜くもんだから、俺にまでしわ寄せがきたんですよ」

「そりゃあ悪かった」

「口には出しませんけどね、所長や管理官は結構頭にきてるみたいですよ。元々小所帯だから次から次に補充なんてできないんスから」

科捜研の採用人数は都道府県によって異なるが、いずれにしても少数部門なので警視庁でも年間数人しか採用枠を設けていない。中途採用も滅多にないから、所長や管理官が氏家を恨みに思うのは当然といえる。

「黒木はどう思っているのかね」

「黒木副主幹ですか。まあ、あの人は元々無口なんですけど快く思ってないのは確かでしょうね。時々氏家さんの話が出ても、聞こえないふりしてますから」

「あいつ、いつの間に副主幹になったんだ」

「知らなかったんですか。氏家さんが退官した直後ですよ。氏家さんの抜けた穴を埋めるために、上が昇格させたってもっぱらの噂で」

「間違いなく噂だよ。黒木は放っておいても管理官になれる男だ」

「まさか黒木副主幹までヘッドハンティングするつもりじゃないでしょうね。やめてくださいよ。今、副主幹に抜けられたら残された俺たちがえらい目に遭うんですから」

「それは安心していい。黒木は僕が誘ったところで絶対に科捜研を辞めたりはしないよ」

「ずいぶん自信たっぷりの言い方ですね。どんな根拠ですか」

「根拠なんて、毎日黒木を見ていれば分かるだろう。アレがカネや最新設備で心を動かすようなタマかい」

「でっすよねー」

小泉は早くも一杯目を飲み干して、お代わりを注文する。

「それじゃあ俺をヘッドハンティングしにきたとか」

「なかなか魅力的な提案だけど、現状頭数は揃っていてね。当分は増員する予定がない」

「ちぇっ」

軽く舌打ちした小泉は、二杯目のグラスを前に頬杖を突く。

「ってことは、科捜研の機密事項に関してですか」

「那智貴彦の事件、まだ記憶に新しいかい」

那智の名前を聞くなり、片方の眉がぴくりと反応した。

「へえ、あの事件がお目当てでしたか。そりゃあ憶えてますとも。三カ所の事件現場に落ちていた不明毛髪の量なんて半端じゃなくて、人毛より獣毛が多かった。分類と分析で何日かかったことやら」

「じゃあ鑑定結果も記憶しているんだろうね」

「おっと、その手には乗りません。科捜研の検査結果ですよ。民間人に話せる訳ないじゃないですか」

「実は弁護人の吉田先生がウチに鑑定を依頼してきた。先日も検察側が提示した請求証拠を見せてもらった」

「へっ」

初耳だというように、小泉は驚いてこちらを見る。次に眉を顰め、顔色を窺ってくる。

「それなら余計に情報なんて流せませんよ。まるっきり敵方じゃないですか」

「別に検査結果そのものを知りたい訳じゃない。鑑定結果通知書も手元にあるからね」

「だったら何を訊く必要があるんですか」

「そんなに警戒しなくても、小泉くんの立場を危うくさせるような質問はしないよ」

「氏家さん、ちょっといいですか」

「何だい」

「何か食わせてください。このまま飲むだけで話に付き合ってたら、間違いなく悪酔いしますよ」

「お安い御用」

これまたメニューの中から好きなものを選ばせた。前菜じみたものではなく、いきなり肉類を所望するのが微笑ましい。

「訊きたかったのは鑑定の内容じゃなく、通知のかたちだ。科捜研から捜査本部に届いたのは鑑定結果通知書が一枚きりで、肝心の証拠物件については甲号証の一覧に列挙されているだけで、試料の採取方法も分析経過も何一つ記述されていない。まさか分析を一切しなかったはずもない。現に今、君の口から現場の不明毛髪を長時間かけて分類・分析したと聞いた」

指摘されると、小泉は狼狽《ろうばい》を誤魔化《ごまか》すようにワインをひと口啜《すす》った。

「……分析したのは嘘じゃないです。それで給料もらっているんですから」

「嘘だなんて言ってやしないよ。どうして大変だった仕事の成果を報告書のかたちにしなかったのか、それが分からない」

「鑑定結果通知書を書いたのは黒木副主幹ですんで」

「今の科捜研では、鑑定結果通知書一枚で済ますのがマニュアルになっているのかい。そんなことはないだろう」

「いや、ホントに俺は知らないんですって」

「じゃあ別の質問をしよう。鑑定結果通知書が作成された時点で、検査済みの試料は廃棄したのか」

「用済みになったら、そりゃあ廃棄しますよ。ただでさえ余分なスペースなんてない。後から後から別の事件の試料が持ち込まれてくるんだから、いちいち廃棄しないと置き場所もなくなる。そんなことは氏家さんが一番知ってるでしょう」

「うん、知っている。だけど僕が在籍していた頃には、起訴された事件でも再審の可能性があるから一部を残して保管していた。橘奈くんに訊いても同じ回答だった。それも今は廃止になったのか」

小泉はふるふると首を横に振る。

「じゃあ、試料の一部は残されているんだね」

「俺が個別に確認した訳じゃありません」

「しかしそうすると、鑑定結果通知書にある〈全量消費〉という文言は虚偽ということになるよ。いったい、どっちが本当なんだい」

口にしてから少し胸が痛んだ。今の質問は小泉にとって苛酷な選択肢だ。自身の仕事ぶりを証明しようとすれば科捜研の不始末を論《あげつら》うことになり、逆に鑑定結果通知書の内容を認めれば自分が嘘を吐《つ》いていることになる。

しばらく考え込んでいた小泉はグラスに残っていた中身を一気に呷《あお》った。

「おいおい、ピッチ早くないか」

だが小泉は酒に逃げるつもりなのか、三杯目を注文する。

「氏家さん、昔っからそうですよねー」

「何が」

「科学捜査一本槍の研究員って顔しておいて、いざとなると刑事顔負けの尋問しますからね」

「どちらも探求心のなせる業だからね」

「あのですね、無責任なヤツと思うでしょうけど、那智の鑑定結果通知書について俺は何も知りません。保存用の試料についても関知していません」

まるで悲鳴混じりに聞こえた。早くも充血し出した小泉の目を覗き込んだが、彼の真意は分からない。いずれにしても小泉は質問から逃げたのだ。

「今度は俺から質問してもいいですか」

「答えられることには答えるよ」

「仮に予備の試料が残っていたら、どうするっていうんですか」

「しかるべき手続きを取ってウチでも鑑定したいね。科捜研側の鑑定結果だけを法廷で採用するというのは、あまりに一方的じゃないかな」

「科捜研と氏家鑑定センターの結果が同じなら、やっても意味がないでしょ」

「君の言葉とも思えないな。同じ鑑定結果になったとしても、ダブルチェックの役目を果たす。第一、科学というのは再現性があって初めて成立する。同じ試料を同じ方法で分析すれば、必ず同じ結果が出るはずだ。そうでなければ科学ではないし、あるいは科捜研と鑑定センターのどちらかが間違っていることになる」

「鑑定結果通知書を作成したのは黒木副主幹です」

充血した目は氏家に挑んでいるように映った。

「氏家さん、黒木副主幹と真っ向から対決するつもりですか」

「もう対決しているよ。鑑定結果云々の前に、僕は紙切れ一枚でお茶を濁している黒木の態度が解せない」

「じゃあ直接、本人から訊いてください。俺、板挟みにされるの、嫌ですから」

小泉はグラスを離し、顔を近づけて薄黄色の中身を見つめている。その目がひどく弱々しく映った。

「板挟みにするつもりはない。君は科捜研の人間なんだからね」

「氏家さんは全然分かってない。科捜研にいる連中はもちろん警察に所属しているけど、それ以前に研究員なんですよ」

「うん」

「研究員はですね、研究に一途な人間を尊敬する生き物なんです」

次第に呂律が回らなくなっていた。今日のところはここまで訊き出すのが精一杯だろうと、氏家は判断した。

2

翌日、氏家が鑑定センターに出所すると、朝一番の訪問者があった。

「所長」

出入口近くで対応していた研究員の相倉《あいくら》がただならぬ様子で駆けてきた。

「お客さんです」

「今日は誰とも会う約束は入れてなかったよね。ちゃんとアポイント取ってもらわないと」

「追い返しますか」

「門前払いなんかしないよ。役所や大企業じゃあるまいし。それで、どこのどなたが来られたんだい」

「科捜研の等々力《とどろき》管理官です」

相倉は声を上擦らせたが、氏家もわずかに緊張した。管理官といえば科捜研のナンバー2。氏家の以前の上司だが、等々力がセンターを訪れるのはこれが初めてだった。

「応接室にお通しして」

まるで奇襲のような訪問だが、昨日の今日なので目的はおおよそ見当がつく。おそらく小泉が報告をあげたに違いない。先に等々力を応接室に押し込んだのは、迎撃態勢を整えるためだった。

元より等々力とはあまり折り合いがよろしくない。鑑定の効率化と正確性のためには無理をしてでも最新の機器を導入しろと迫る氏家と、予算の不足分は個人の鍛錬と習熟で補おうとする黒木とでは、上司の受けが違ってくるのも当然といえた。

自分の事務所だというのに、応接室に向かうにつれて猫の糞に近づくような嫌悪を覚える。この強烈な感覚を相手も感受しない訳がなく、折り合いがよくならないのは自明の理だ。

応接室のドアを開けると、あまり見たくない顔がこちらを睨み据えた。

「等々力さん、お久しぶりです」

相手を肩書でなくさん付けで呼ぶのは、自分でも情けないくらいのささやかな抵抗だ。

「そうだな。できればずっと久しいままにしておきたかった」

等々力はにこりともせずに言う。妙に社交辞令を持ち出さないだけ気が楽だった。

「わざわざ湯島くんだりまでご苦労さまです」

「湯島天神には何度か足を運んでいる」

言い方を変えれば近くに寄っても鑑定センターを訪れるつもりはなかったということだ。清々しいほどの拒絶ぶりで、これも氏家には心地よい。

「今日はどんな用向きで」

「とぼけるな。昨夜、科捜研の研究員を呼び出しただろう」

「昔、同じ釜の飯を食った間柄です。旧交を温めるのはいけませんか」

「ある事件について情報を引き出そうとしたらしいじゃないか」

「本人がそう言ってましたか」

「誰でもいい。幸い科捜研の職員たちは皆口が堅くて民間人に情報を洩らすことはなかったようだが、どうしてそんなスパイ紛《まが》いの真似をする」

「弁護人から鑑定を依頼されている立場ですから」

「非合法とまでは言わんが、正攻法ではないだろう」

「管理官は今回の事案について全容を把握されていますか」

等々力は不意に口を閉ざした。我ながら意地の悪い質問だと思う。一人の管理官が、持ち込まれる案件全ての詳細を諳《そら》んじているはずもない。等々力は無能な官吏ではないだろうが、一日にどれだけの案件を処理したかを確認するのが関の山ではないのか。

「那智貴彦の事件ですが、科捜研が警視庁に送っているのは鑑定結果通知書一枚きりで、鑑定過程を報告する内容は一切ありません」

「東京地検から何らかの注意喚起がなされたとは聞いていない。送検先に問題が生じていないのなら、科捜研が何か責められる謂《いわ》れはない」

「検察側に問題が生じなくても弁護側が困りますよ」

「そっちはそっちで勝手にすればいい。あくまでも科捜研は警察の一部門であって、弁護側に与《くみ》するものではない」

「被告人の利益云々よりも、科捜研の公益性は考慮されないのですか」

等々力は不機嫌そうに再び黙り込む。いいだろう。動こうとしないのなら、こちらから揺さぶりをかけてやるだけだ。

「那智貴彦の事件はその残虐性と異常性で世間の耳目を集めました。いや、過去形ではありませんね。現在でも裁判の行方は注目の的です。公判において検察側が那智をどんな風に断罪するのか、弁護側がいったいどんな戦術で彼の減刑を図るのか、裁判官と裁判員はどう裁くのか。その前段階として、捜査本部は早期解決が至上命令だったはずです。一日でも解決が遅れれば世間やマスコミから非難が集中する。下衆《げす》の勘繰りかもしれませんが、今回に限って科捜研が拙速に走ったきらいはありませんか」

「本当に下衆の勘繰りだな」

等々力は言下に切り捨てる。

「重大事件だからこそ拙速ではなく巧遅を怖れない。那智を早々に逮捕できたのは一課と科捜研の連携プレイがあっての成果だ。送検した書類が一部簡略化されていたとして、それが直ちに遺漏を示すことではないのは明らかだ」

「分析過程の詳述は証拠能力を担保するものです。決して簡略化していいはずがありません」

「お前は科捜研の成果に対して批判したいだけだ。証拠能力の是非ではなく、ただ科捜研の存在が気に食わないだけだ」

なあ、と急に等々力は口調を変えた。

「お前が科捜研、分けても黒木にわだかまりがあるのはわたしも承知している。懲戒こそなかったものの決して円満退職でなかったのも事実だ。しかし権力を目の敵にするな。ドン・キホーテではあるまいし」

「科捜研の体質に合わないから飛び出したと言われればそれまでですが、別に権力を目の敵にしているつもりはありません。いいですか、等々力さん。科捜研にはわたしなんて問題にならないくらい大きな敵が潜んでいるんですよ」

「科捜研に敵だと。いったい何者が潜んでいるというんだ」

「無謬性という名の信仰ですよ」

等々力は意味が分からないというように怪訝な顔をする。

「科学捜査は完璧だ。科捜研は決して間違えない。そうした信仰が捜査の在り方や公判の進行を妨げているとは思いませんか。足利事件を例に取るまでもなく、信仰はいつでも人の目を歪めます」

「何のことを言っている」

「人が必ず間違うように、科捜研だって間違う可能性があると言っているんです」

「お前が自分しか信じようとしていないだけじゃないのか」

「ご承知でしょうが、過去の冤罪の多くは誤った科学捜査に起因しています。絶えず自分を疑うこと、科学を過信しないことを肝に銘じない限り、冤罪は決してなくなりません」

「くだらん」

再び等々力は言下に切り捨てた。

「お前は思考が捻《ね》じ曲がっている。確かに過去、冤罪事件は存在したが、それは鑑定技術がまだ充分でなかった頃の名残でしかない。現在の鑑定技術は今や完成の域に達している。誤差はゼロにほぼ等しい」

「二十年以上前にも同じことを言った人間がいます。そして、やっぱり間違えた。現在の技術だって二十年先には陳腐な内容と見下されるに決まっているんです」

「もういい」

等々力は憤然として席を立つ。

「以前もそうだったが、お前と話しているとイライラしてくる。いいか。今後、科捜研の職員と理由なく接触するな」

「理由があればいいんですか」

「……妙な理由があるなら尚更許さん」

等々力は氏家の脇をすり抜け、さっさと応接室を出ていった。

敢《あ》えて見送る必要もないだろう。氏家は応接ソファに腰を下ろしたまま黙考に耽《ふけ》る。

「あの、大丈夫ですか」

開いたドアの隙間から相倉が顔を覗かせた。

「管理官、えらい剣幕で出ていきましたけど」

「彼の毒気に当てられたかな。少し気分が悪い」

「何かの抗議だったんですか」

「あんまり科捜研の人間を引き抜くなってさ」

「引き抜くも何も、僕たちは自分の意思で転職しているんですよ。抗議される謂れはないじゃないですか」

「管理官はそう思っていないみたいだよ。とにかく僕は科捜研の人間と接触しちゃいけないらしい」

「もう部下でも上司でもないのに、どうして命令されなきゃいけないんですか」

「きっと命令するのが癖になっているし、自分の命令には誰もが従うと信じきっているんだろうね」

それも危うい信仰の一つだ。組織と肩書あってこその威光であるのに、自分本来の人間力だと過信する。科捜研に勤めていた時分から、そういう人間を嫌というほど見てきた。彼らが組織から放逐された途端、己の自尊心に食い潰される様も嫌というほど見てきた。だからこそ、せめて自分は別のものを指針にしようと誓ったのだ。

氏家はゆっくりと腰を上げた。

「ちょっと外出してくるから」

「どちらまで」

「たった今、釘を刺されちゃったからね。科捜研の職員以外の人間に会ってくる」

氏家が訪れたのは吉田の事務所だった。

公判前整理手続の利点は相手の持ち札が判明することだ。公判中に別のカードが追加される可能性もなくはないが、少なくとも初回の戦略を練ることはできる。

氏家は科捜研が試料を全量消費した件で闘えないものか相談してみた。

「こちらの意見は出せるけど、だからといって試料を無理に提出させるのはどうかな。そんなものはないと言われたら終いだ」

「いえ、ないと言われたら別の対抗策があります」

「聞かせてもらおうじゃないか」

「『科学的証拠とこれを用いた裁判の在り方』というのをご存じですか」

「うん。ひと通りは目を通したよ」

『科学的証拠とこれを用いた裁判の在り方』は、岡田雄一《おかだゆういち》東京地裁所長ら三名の裁判官と黒崎久仁彦《くろさきくにひこ》東邦大学医学部医学科法医学講座教授が協力研究員となり、最高裁司法研修所が二〇一三年三月に発行した司法研究書だ。発行年を見れば分かる通り、足利事件の反省に立って著されている。

「裁判官にとってはＤＮＡ鑑定のバイブルになっていると聞いた」

「最高裁肝《きも》煎《い》りで作られたテキストですからね。その記述通りに行われなかったＤＮＡ鑑定は認められにくいと考えていいでしょう」

「さしずめ足利事件の反省文といったところだな」

「記述を読んでいくとＤＮＡ鑑定で重視すべき点が四つ挙げられています。一つ、試料をどのように採取したか。二つ、どのように検査を行ったか。三つ、導き出された結果がどのような意味を持つか考察したか。四つ、再鑑定のために試料をどのくらい残したか。今回、検察側が提出した裁判資料にはこの四つが全く網羅されていません」

「バイブルに反する内容だから認めがたいという主張か。ふむ、異議申し立てとしては理に適《かな》っている。増田判事なら聞く耳を持っていそうだ」

「検察側への牽制《けんせい》になるかもしれません」

「裁判員の目には、検察側が公判前整理手続において提出すべき資料を隠蔽していたように映るだろうし、心証を覆すには効果的な申し立てになるだろう。早速やってみよう」

「お願いします」

「それにしても科捜研の動きはいささか過敏に思える」

吉田は真意を探るようにこちらを見据えた。

「以前の部下を呼び出して話を訊き出そうとした翌日に、管理官自らお出ましとはな。ひょっとして科捜研は本当に何かを隠蔽しているんじゃないのか。それが職員の口から漏洩するのを怖れて」

「いいえ、先生。おそらく管理官が怒鳴り込んできたのは別の理由ですよ」

「心当たりがあるようだな」

「管理官は警戒しているんですよ。僕がまた科捜研を引っ掻き回すんじゃないかと」

「また、ということは引っ掻き回した前例があるんだな」

「上司の指示に従うのが嫌な研究員でした。若気の至りなんて可愛いものじゃなく、根っからの天邪鬼《あまのじゃく》でしたからね」

「氏家所長のようなタイプは知っているよ」

吉田はからかうような口調で言う。

「自分より頭の悪い人間の命令には、テコでも従おうとしないタイプだ」

「勘弁してくださいよ、先生。僕は人を見下したりはしません」

「見下すんじゃない。正確に測っているんだ。こいつの判断に従ったら危険だ。だから逆らう」

吉田の指摘は中《あた》らずといえども遠からずだった。これ以上追及されるのも嫌なので、お茶を濁すことにした。

「僕は管理官や所長から完全に嫌われていましてね。疫病神《やくびょうがみ》みたいな存在なんですよ」

吉田は尚も何か言いたそうだったが、氏家の素振りから悟ったのだろう。それ以上は何も訊いてこなかった。

3

鑑定センターに戻った氏家はいったん自分の部屋に入り、依頼された鑑定作業のスケジュールを確認する。翔子の申し出に従って事件現場で採取された体液なり毛髪なりのサンプルを入手して分析するには、最低でも一週間は欲しい。そうなれば現在進行中の案件については調整が必要だった。

高い報酬が見込める案件もあれば、個人的に興味をそそられる案件もある。六日前に持ち込まれた愛玩犬の血統書の真偽などは知的好奇心が大いに刺激される。

だが〈氏家鑑定センター〉の設立意義に照らし合わせた場合、優先順位は那智の事件が上位にくる。

科捜研時代、大っぴらではないにせよ氏家に求められたのは警察・検察に有利な鑑定結果だった。求められたからといって素直に差し出していたのは最初のうちだけで、やがて氏家は管理官や所長の思惑を無視するようになる。上司の意に沿おうと沿うまいと正しい鑑定結果さえ導き出せば、それで構わないと考えたのだ。だからいよいよ科捜研の居心地が悪くなって退所する際も、それが己の頑《かたく》なさに起因するものだとは露ほども思わなかった。本人は円満退職だとばかり受け取っていたが、上司たちは厄介払いと捉えていたらしい。

何とかスケジュールを調整できる目処《めど》が立つと、氏家はフロアに出て翔子と相倉、そして飯沼周司《いいぬましゅうじ》の三人の研究員を集めた。

「那智事件の鑑定依頼ですか」

飯沼は初耳だというように口を窄《すぼ》めてみせた。でっぷりとした体格も手伝って、不満げな顔もどこか憎めない。特に聞き耳を立てずとも鑑定センターが請け負っている案件の片鱗《へんりん》くらいは知っているものだが、とにかく与えられた作業に没頭するタイプなのでやむを得ない。

「でも所長。那智は第一と第二の殺人については犯行を認めているんですよね。三つ目の犯行を否認しているのは単なる死刑回避狙いじゃないんですか」

決して那智の死刑回避を嫌っているのではなく、鑑定作業の目的を知りたいという口調だった。これが飯沼の二つ目の特徴で、作業に感情や倫理を一切介在させない。

「死刑回避云々よりも那智本人の供述に信憑《しんぴょう》性があるかどうかの問題だからね。それに鑑定する前から予断を持つと碌な結果にならない」

氏家は諭すように言う。予断と思い込みから鑑定を進めては、あの頃の科捜研の轍《てつ》を踏みかねない。

「三人を集めたのは、それぞれの分野で手を貸してほしいからです。橘奈くんは体液、相倉くんは毛髪、そして飯沼くんは下足痕」

「今の説明だと比較すべきサンプルは全量消費して、科捜研にも予備がないんですよね。そんな状況で、どうやって」

「科捜研に残っていないのなら、現場で採取するしかないよね」

氏家が平然と言うと、三人は一様に目を丸くした。中でも一番顕著な反応を示したのは相倉で、言葉の意味を理解しかねているようだった。

「申し訳ありませんが所長、それはその、今更現場で採取するという意味でしょうか」

「うん、そうだよ」

「新聞報道によれば三人目の被害者安達香里さんの死体が発見されたのは一月八日でした。あれから、もう三カ月経過しています」

「正確には三カ月と十日だね」

「死体発見時に鑑識が現場を根こそぎ浚《さら》った後です」

「だろうね。世間の耳目を集める事件だったし捜査本部も必死の思いで証拠固めしようとしただろうから」

「現場は河川敷です。しかも三カ月と十日のうちには雨も降りました」

「知ってる」

「そんな状態で、いったい何を採取するっていうんですか」

「確かに那智の事件の残留物が新たに採取できる可能性は少ないだろうけど、いつも僕たちが鑑定に使用するサンプルなんてミリ単位のものがほとんどでしょ。時間が経過すればするだけ保存状態は悪化するけど、現在の鑑定技術は何世紀も前の死体のDNAさえ特定できるんだよ。わずか三カ月前なんてものの数じゃないよ。やりもしないうちから尻尾を巻いて逃げるつもりかい」

我ながら挑発的な物言いだと思ったが、この程度の誘いに乗ってくれなくては面白くない。案の定、三人がむっとした表情になったので、氏家は胸を撫《な》で下ろした。

「結構な機材を運ぶからワンボックスを用意しておいてください」

第三の死体が発見された市川市河原の現場は行徳橋《ぎょうとくばし》の袂《たもと》にあった。氏家たち一行は土手にワンボックスカーを停めると、各々で機材を持ち出す。道路から石段を下りるとコンクリートで固められた地面が広がり、岸辺までは砂利道が続いている。午前中は川からの風が吹き、川面の生臭い香りを運んでくる。仕事柄様々な異臭・悪臭を嗅ぎ慣れている鼻にはむしろ好ましい匂いだが、他の三人はどうだろうかと思う。

安達香里の死体は川縁からわずか三メートルの地点に転がっていた。従って死体の周囲に那智の毛髪なり体液なりが残存していたとしても川に流れてしまった可能性がある。

「じゃあ、セッティングしようか」

氏家の言葉を合図に一同は死体の転がっていた地点から五メートルの四隅にポールを立てる。次に厚手のシートで簡易テントを拵《こしら》えて陽光と風を防ぐ。隙間をぴったり閉じていくと、テント内はすぐに薄暗くなった。

「始めるよ」

四人はそれぞれゴーグルを装着する。今から始めるのはＡＬＳ（Alternative Light Sources＝代替光源）で現場を照らし出し、残留物を捜索する作業だ。物質は特定の波長の光を吸収し、その他の光を反射する性質を持つ。ＡＬＳは求める物的証拠によって異なる波長の光を当てていく。ゴーグルを装着する目的は不必要な波長の光を遮断するためで、赤・オレンジ・黄色の三種類が用意されている。

各波長に対応する証拠物は以下の通りだ。

３８５ｎｍ《ナノメートル》　血液・精液・唾液・尿・繊維・毛髪・足跡・打撲痕・偽造紙幣・偽造パスポート

455nm　血液・精液・唾液・尿・骨片・足跡・偽造紙幣・偽造パスポート
470nm　塗料・染み・足跡・偽造紙幣・偽造パスポート
505nm　指紋・足跡
530nm　指紋
590nm　蛍光繊維・ガラス
625nm　毛髪・繊維・発射残渣《ざんさ》・燃焼物・爆薬痕
900nm　偽造書類

異なる色のALSを照らす度に三種類のゴーグルを交換する。ALSに反応して浮かび上がった物質は残らず回収していく。根気と手間がかかる上、三十分も続けていると目が疲労を訴えてくる。雨風に晒されていても、河川敷には毎日不特定多数の人間および鳥獣が訪れる。闇の中に浮かび上がる対象物はそれこそ無尽蔵だ。この中に那智のものが残存しているかどうかは甚《はなは》だ心許ないが、科捜研からの提供が望めない限りはこうするより他にない。緻密さに加えて望み薄の作業はモチベーションの上がる要素が皆無に近い。

それにも拘わらず、氏家たちは作業速度を落とすことなく黙々と手を動かし続ける。所長の立場で見ているから分かる。三人とも科捜研にいた経歴があるが研究員は警察官ではなくあくまでも研究職員であり、犯人を検挙するつもりも裁判で罰を受けさせる義務感も希薄だ。しかし義務感とは別に知的好奇心と探求心が旺盛なので、実り少ない作業にも耐性がある。

毛髪に繊維、足跡などが次々と浮かび上がり回収されていく。対象物を収めるビニール袋は早くも十を超えた。密閉したテントの中で作業するので熱も籠もってくる。自らの毛髪や汗が現場を荒らさないように肌の露出を最小限に抑えているから尚更だった。いくら単調な作業に耐性があっても、体力には限界がある。

最初に音を上げたのは飯沼だった。

「所長。俺、そろそろ限界です」

「オーケー。飯沼くんから順番に休憩取って」

やがて一人ずつテントの外に出て小休止を取るようになったが、氏家だけは中で作業を続ける。指示した者の責任からでも意地を張った訳でもなく、この種の作業なら半日続けても苦痛とは感じられない。奇を衒《てら》わず、正しい作業を正しい手順で行う。機械的に見えるが愚直はいつでも正攻法であり、間違いが少ない。

ゴーグルの視界に浮かび上がった対象物をあらかた回収し終えると、作業開始から既に六時間が経過していた。採取中は外部から余計な対象物を持ち込まないために食事も摂《と》らせていない。氏家はテントを畳むと、全員をワンボックスカーに戻す。

「ランチタイムにずいぶん遅れたけど、お詫びに奢るから」

後部座席の飯沼と相倉は小躍りするが、翔子は相変わらず冷静だった。

「この帰り道だと、道路沿いにあるのはファミレスくらいですね」

浮かれていた二人は、途端に冷や水をかけられたように悄然《しょうぜん》とする。

「……せめて俺は一番スタミナの出るメニューを食べたいっス」

「僕は冷たいデザートをつけてもらえれば」

「わたしは低カロリーであれば何でもいいです。それにしても、二人とも折角スマホを持っているのにあまり使いこなしてないんですね。でも所長、本当によろしいんですか」

「何がだい」

「約一名、とんでもなく食欲旺盛な人がいます」

「構わないよ。センターに戻ってからは回収した砂利やら毛髪やらの分析作業が待っている。スタミナが必要になるのはこれからだからね」

げっと飯沼が呻《うめ》く。

「そうだった。肝心なこと忘れてた。さっき回収したばかりのアレ、俺たちが一つずつ分析するんだった」

「いつも思うけどさ」

隣に座る相倉が呆れたように言う。

「飯沼っていざとなると集中力はそこそこあるけど、二時間後のことは全く考えてないよね。僕なんかALS照射している間中、ずっと分析作業に何時間かかるんだろうって考えてた」

「短時間に働くから集中力なんだよっ。二時間も三時間も続くもんか」

氏家の物言いにぴんときたらしく、翔子は重ねて尋ねてきた。

「所長は別の作業をするんですか」

「ちょっと寄るところがあってね」

途中のファミリーレストランで遅めのランチを済ませると氏家は相倉にキーを渡し、自分はタクシーに乗り換えた。

「ご乗車有難うございます。どちらに参りましょうか」

「千葉医大までお願いします」

目指すは千葉医大法医学教室。それこそが三人目の被害者安達香里を解剖した場所だった。


千葉医大を訪れるのはこれが初めてではない。氏家鑑定センターの研究員は公認心理師・薬剤師・臨床検査技師・技術士・放射線取扱主任者・DNA型鑑定員などの資格を取得しているが、死体解剖資格を有している者は一人もいない。所長である氏家も同様だ。従って司法解剖に関する検証だけはどうしても法医学教室の協力を仰ぐしかない。そういう事情から氏家は首都圏内の主だった法医学教室と提携を結んでいる。千葉医大法医学教室もその一つだった。

急なアポイントにも拘わらず、氏家は法医学教室の主任教授に通された。これも今までに作っておいたパイプのお蔭だろう。

「やあ、氏家さん」

氏家が部屋を訪れると、主任教授の池田直記《いけだなおき》は穏やかな表情で迎えてくれた。

「ご無沙汰しています」

「本当にね。最近は依頼がないから、てっきり光崎《みつざき》先生に取られたと思った」

「ご冗談を。ここしばらくは解剖絡みの案件がなかったんです」

光崎というのは浦和《うらわ》医大法医学教室の名物教授だ。池田と同じく、氏家が懇意にしている斯界《しかい》の権威だが、こちらは埼玉県内の案件で世話になることが多い。池田が温和で社交的なのに対して光崎は不愛想且つ傍若無人で知られており、関係者の間ではよく対比される。いずれにしても二人とも氏家にとって大事な協力者であることに違いはない。

「那智貴彦の事件を憶えておいでですか」

「もちろん。三人目の被害者はわたしが解剖しましたからね。確か安達香里さんでしたか」

「彼が、安達香里さんに関しては自分の犯行ではないと供述していることもですか」

「ええ。新聞報道で知りました。何と言うか、よく分からない被告人ですね。潔くもあり往生際が悪くもあり。ただわたしが依頼されたのは司法解剖なので、被告人について何らかの見解を述べろと言われても困ります」

池田はやんわりと己の職域を主張し始める。

「性懲りもなく光崎先生の話になりますが、彼は司法解剖に対する態度が徹底していて犯人が誰かとか動機がどうとかには何の興味もない。ただただ死因の究明あるのみでしてね。その態度は全くもって正しい。彼ほど極端ではないにせよ、わたしも同じ意見です。およそ死因を究明しようとする者が犯人や動機といった前情報で先入観を抱けば誤謬の因《もと》になる」

鑑定作業も司法解剖と同じく予断は禁物と研究員に教えている手前、池田の弁には氏家も同意する。

「安達香里を司法解剖された際の剖検を拝見しました。被害者を紐状のもので絞殺してから死姦。その後に死体をY字切開して子宮を摘出する……犯行態様は第一・第二の事件と同様でしたね」

「先の死体についてはわたしが執刀した訳ではありませんから比較はできません。しかし事実はその通りです」

最初の犠牲者である関戸亜美の死体は足立区千住で発見され、東京医大法医学教室で司法解剖された。二人目の犠牲者藤津彩音は入間川の河原で発見されたために浦和医大法医学教室に運ばれた。つまり三ケースとも解剖した施設も執刀者も異なっているのだ。

「那智貴彦は勤務医で外科手術も何例か手掛けていたようです。切開の痕からは相応の腕だとお思いでしたか」

「繰り返しますが先の事件との比較はできません。切開痕を見て、ひと目で外科手術に習熟している者かどうかを判別するのは困難です」

「では体表面の状態については、どうだったでしょうか。直接死因を探るためには死因に直結しない異状もチェックされるでしょう」

「ええ。ちょっとした外傷や体幹の歪みが死因究明のヒントになることも少なくありませんから」

「今日お伺いしたのは、まさにそれが理由なんです。外傷や体幹の歪みなど目に見えるものではなく、ぱっと見では判別できないものを探しに来ました」

氏家が水を向けると、池田はああと合点がいったように軽く頷いた。

「死体の体表面に本人以外の体液が付着していた問題ですね」

「二人目の犠牲者と三人目の犠牲者安達香里の死体には犯人の汗が付着しており、それが那智逮捕の決め手となりました。ただしそれぞれの現場で残留していた体液サンプルのDNA鑑定の報告書は、公判前整理手続の段階でも提出されていません」

池田の目が不審げに曇った。

「そういうケースがあるのですか」

「地方の警察では散見されますが、警視庁の案件ではわたしも初めて聞きました。手続き上は違法ではないので、送検された検察もそれで良しとしたようです」

「違法ではない。しかし適切でもない」

池田は静かに憤っているようだった。解剖医は死因の究明だけが任務と言いながら、司法手続きが正規に為されなければ怒る。そうした真っ当さが見ていて清々しい。

「死体の体表面については、剖検とともに採取したサンプルを科捜研に返却していますよ。まさか科捜研で紛失したとは思えませんが」

「サンプルは分析されたんですか」

「いえ。DNA鑑定は科捜研で行うと言われたので……」

俄《にわか》に池田の口調が湿りがちになった。

「ご承知かもしれませんが、司法解剖は一体あたり平均二十五万円の費用がかかります。しかし国が計上する予算は検体謝金と解剖謝金、そして死体解剖外部委託検査料を合算しても十六万円です」

つまり司法解剖をすればするほど法医学教室側が赤字になっていくという構図だ。

「ボランティアとまでは言いませんが、司法解剖が大学側の財政を圧迫している事実に変わりはない。サンプルのDNA型を分析するのにも少なくない費用が掛かる。科捜研で分析してくれるというなら、それに越したことはありません」

職域の徹底と予算、二つの事情が体液の分析にまで着手しなかった弁明になる。何ら恥ずべきことではないにも拘わらず、池田は口惜しそうに唇を歪める。

「失礼ですが、本意ではないように見えます」

「個人的な思惑は別です。委託業務に私情を挟むべからずと、普段から自制しています」

「警察でも望まない分析作業に時間と費用を使えない。しかし先生、氏家鑑定センターではその時間も費用も、加えて人材も確保できています」

氏家は身を乗り出して再び水を向ける。池田がこちらの意図を読み取らないはずがなかった。

「なるほど、そういう趣旨ですか」

「池田先生のことです。採取されたサンプルの一切合財を科捜研に送った訳ではないのでしょう」

「後日、再鑑定の必要が生じた場合のため、一定期間は保管しています。それを氏家さんに提供しろというんですね」

「サンプルが残存しているのは、おそらく先生の教室だけでしょう」

「警察から委託されたものを民間に渡すことになる。この件で警察もしくは科捜研の了承を取っていますか」

「いいえ、取っていません。彼らはわたしが池田先生の許を訪れていることも知らないでしょう」

しばらくこちらを見ていた池田は、やがてゆるゆると首を横に振った。

「それなりの付き合いだから、氏家さんがどういう人かは承知している。報酬や科捜研への意趣返しで動いていないのも分かっている。しかし民間企業である鑑定センターにサンプルを渡すのは、れっきとした背任行為だ」

「渡すのではなく委託です。警察に解剖を委託された法医学教室が、設備と資金のある民間に再委託するのです」

池田の顔が微妙に歪むのを見て、氏家の胸がちくりと痛む。元より遵法精神が堅固な池田に取引を持ち掛けるのは、高潔な人物を泥濘《ぬかるみ》に引き摺り込むようで気が進まない。しかし氏家にも依頼人の要求を満足させる義務と、冤罪を見過ごせない正義がある。

「本来であれば提出するはずの分析結果を提出しないのは違法とされないのに、サンプルの一部を民間に預けるのは背任行為。もやもやと矛盾を覚えますね」

「矛盾だとわたしも考える。しかし、だからと言って」

「公判前整理手続という制度が始まって分かったのは、この手続きが検察側に甚だしく有利に働く事実です。その上、弁護側が提出された証拠物件を碌に吟味できないとなれば尚更です。それは果たして法の下の平等と言えるのでしょうか」

池田の顔が一層歪み、氏家はますます気が重くなる。人を試すような真似も追い詰めるのも好きではない。好きではないことをすれば当然ながら己が嫌になる。

だが、それでも池田を説得しなければならない。説得できなければ半ば脅してでもだ。

「分析の完了したサンプルは必ず返却します」

「しかし分析した結果は、いずれ報告書として法廷に提出するのでしょう。その際はサンプルの出処を明らかにしなければならないし、当然虚偽は許されない」

「仰る通りです。分析結果がどうであろうと、最終的には池田先生にご迷惑をかけることになります」

「それが分かっていながら尚、わたしにサンプルを提供しろと言うのですか」

「はい」

「法の下の平等という、たったそれだけの理由で警察との信頼関係を崩せと言うのですか」

「はい」

氏家はきっぱりと言い切った。

誤魔化すつもりはない。将来に危惧される点を明示せずして交渉できるはずがない。いや、元々これは交渉などという高度なものではない。地位も立場もある者に節《せっ》を曲げろと無理難題を吹っ掛けているだけだ。

こんな時、もう少し自分が弁舌に優れていればと思う。鑑定センターの常連客に悪辣さで有名な弁護士がいるが、彼ならどんな交渉術を駆使するのだろうか。世評は最低、しかし弁論は最高。叶わぬ望みながら、この場に彼がいてくれたらと思う。

氏家と池田の間に沈黙が落ちる。

池田は黙したまま、こちらの内面を見通そうとするかのように視線を微動だにさせない。

一秒が十秒にも感じられ、やがて池田は短い溜息とともに緊張を解いた。

席を立ち部屋を出ていったかと思うと、数分後にジュラルミン製のケースを提げて戻ってきた。氏家も用途を知悉するケースだった。

「あなたに説明するまでもないだろうが、保存試薬に漬けてある」

細胞や組織からDNAを抽出するには、サンプルをマイナス70℃で保存する必要がある。しかし保存試薬を使用すれば室温（4～25℃）で保存できる。氏家鑑定センターにも常備してある容器だった。

「理論上はこの状態で二年は保存できます。いつお返しいただけますか」

「三日、ご猶予をいただければ」

「結構です」

池田がゆっくりと突き出したケースを、氏家は押しいただくようにして受け取る。

「有難うございます」

「脅す気はありませんが必ず役立ててください。そうでなければ道理を引っ込める甲斐がない」

「約束はできません」

顔を顰める池田に向け、氏家は敢えて言い放った。

「可能な限り力を尽くしますが、被告人の供述内容を証明できるかどうか予断を許しません。それなのに過大な期待やぬか喜びで先生を失望させたくないのです」

まるで駄々をこねる子どもを見るような目で頷くと、池田は穏やかな口調に戻って言った。

「その気持ちだけで良しとしましょう」

迎えに来たタクシーに乗り込み、氏家はケースを大事そうに掻き抱く。河川敷の現場で回収した対象物も重要だが、ケースの中身はそれ以上だ。中身の分析結果次第では、法廷の趨勢が一気に変わる可能性を孕んでいる。多少タクシー代が嵩《かさ》んでも、電車に乗り換えるような愚は冒さない。

鑑定センターに到着すると、翔子たち三人が回収した対象物の分別に勤しんでいる最中だった。

最初にケースを目に留めたのは翔子だった。

「所長、そのケースはひょっとして」

「うん。橘奈くん御所望の品物。本日出向いた現場で、死体の表面に残っていた犯人の体液サンプル」

「いったい、どこにあったんですか」

「質問は却下。橘奈くん、悪いけどこちらのＤＮＡ鑑定を優先してくれないかな。可能な限り早急に返却しなきゃならない」

勘の鋭い翔子には手短な説明で充分だった。納得顔で頷くと、氏家からケースを受け取った。

「早速、作業に入ります」

「よろしく。ああ、そうだ。そのサンプルで終わりじゃないから」

「まだ、あるんですか」

「更に入手困難が予想されるけどね」

言い残すなり、氏家はまた鑑定センターを出る。待たせていたタクシーに再び乗り込み、次の行き先を告げる。

「遠いけどさいたま市の浦和医大にやってください」

第二の事件、藤津彩音殺害の際も那智は彼女の身体に自らの汗を落としている。第三の事件と比較対照するならば、本人から直接採取した唾液サンプルのみならず藤津彩音の死体から採取した汗のサンプルも再分析しなければ疑いを持たれる可能性もゼロではない。弁護側からの新証拠として提出するからには盤石のかたちにしておきたい。確認し合っていないが、吉田もそう目論んでいるはずだった。

腕時計を見ると現時刻は午後七時三十五分。この時間ならまだ人が残っているはずだが、どちらにしてもアポイントは取るべきだろう。

法医学教室直通の電話番号に掛けると、三回目のコールで繋がった。

『ハロー。こちら浦和医大法医学教室』

独特のイントネーションで相手が誰だかすぐに分かる。はるばるアメリカから光崎を慕ってやって来たキャシー・ペンドルトン准教授に違いなかった。

「お久しぶりです。氏家鑑定センターの氏家です」

キャシーに時候の挨拶や社交辞令はあまり意味がない。この辺りは光崎の扱いに似たところがある。氏家は色々すっ飛ばして本題に入る。

『入間川の子宮奪取事件。オフコース、憶えています。死体から採取したサンプルに予備があるかどうかですね。もちろんありますとも。浦和医大法医学教室がサンプルを残していないと思いますか』

「当鑑定センターで再分析したいのですが、いっときお借りできませんか」

『サンプルの保管責任者はウチのボスです』

「光崎教授はご在室でしょうか」

『今、解剖報告書を書いている最中です。チェンジしますか』

瞬間、光崎の怒鳴り声が耳に甦った。

「それには及びません。今からお伺いすると伝えてください」

『了解』

通話を終えた後、氏家は座席に深く腰を沈めた。光崎本人と話してもいないのに、緊張で呼吸が浅くなる。会うのも初めてではないのに苦手意識が先に立つ。

氏家は小心者ではなく、ましてや人見知りでもない。しかし相手が光崎なら話は別だった。ただ池田と対比されるに留まらず、天上天下唯我独尊の偏屈者が白衣を着ているような存在なのだ。

浦和医大法医学教室は千葉医大のそれよりも歴史が深く、従って建物も平成どころか昭和の香りを今に残している。だが法医学教室を牛耳る主は昭和どころか明治の雰囲気すら漂わせているのではないか。

氏家が到着した時、法医学教室に残っていたのは光崎だけだった。

「お久しぶりです」

挨拶を投げても、光崎はじろりとこちらを睨んだだけですぐまたパソコン画面に視線を戻す。

「お忙しいところを申し訳ありません」

「どうせ暇な時などない」

やはり社交辞令は何の役にも立たない。氏家は苦笑したいのを堪えて、不機嫌そうな老教授に近づく。

「先ほどキャシー先生には訪問予定をお伝えしたのですが」

「聞いている。入間川で発見された死体の体表面に付着していたサンプルを寄越せとか吐《ぬ》かしたそうだな」

「寄越せだなんて。一時的にお借りしたいだけです」

「分析するならどのみち一部を消費するんだ。同じことだろう」

「第一・第二の事件と第三の事件では犯人が異なる可能性があります。確かめるにはサンプルの再鑑定が必要です」

「体液の分析は解剖時に済ませてある」

光崎は取り付く島もない。

「DNA鑑定の結果も解剖報告書に添付しておいた。読んでないのか。それともわしの書いた内容では物足らんとでもいうのか」

「いえ、滅相もありません」

光崎が作成した解剖報告書は精緻を極め、裁判資料としては一級品だ。吉田や他の弁護士も口を揃えて評価しており、実物を何度となく読んだ氏家も同意見だった。

「科捜研が作成した鑑定結果通知書には、一つの現場および二つの死体から採取された体液が那智貴彦のDNA型と一致した旨の記載しかありません。浦和医大法医学教室の作成したDNA鑑定結果は提出されていません」

光崎は無言でこちらを睨みつける。圧力が半端ではなく、思わず視線を逸らしそうになる。

「那智は三件目の事件について関与を否定しています。もちろん、それで第一・第二の事件で彼が行った非道がいささかも減じることはありませんが、だからと言って犯してもいない罪を被らなければならない謂れもありません」

「ふん。いかにも弁護士の言いそうな口説《くぜつ》だな。浅薄で、単純で、自己陶酔の気さえある」

「お気に召さない様子ですね」

「聞いていて恥ずかしくなる」

光崎は遠慮会釈ない。元より死因の究明にしか興味がなく、犯人や動機などどうでもいいと考えている御仁なので、この反応はむしろ当然と言えた。

「科捜研がＤＮＡ鑑定の分析結果を提出しないのは何故だと思う」

「本人の自白調書があり、法廷が検察有利で進められるのは確定的です。それなら裁判員に読みこなせないような捜査資料は不要ですし、そもそも科捜研が提出する資料に明確な決まり事はありません」

「他には」

光崎は至極当然のように尋ねてくる。油断も隙もあったものではない。ふた言み言交わしただけで、こちらの疑念を探り当てられている。

「……科捜研が分析結果およびサンプルを紛失した可能性を否定できません」

口に出すと、後悔と爽快感が同時にやってきた。

鑑定結果のみならず採取されたサンプル全てが紛失した疑いは最初からあった。科捜研というよりは鑑定結果通知書を作成した黒木が紛失したとみるのが妥当だろう。

証拠物件の紛失は今までにも各県警で発覚した。不祥事であることに違いないが、今更珍しくもない。だが証拠物件を一手に預かる科捜研が紛失したとなれば話は別だ。今や絶対的な信頼を得ている科学捜査そのものの根幹を揺るがしかねない。科捜研での紛失事件は何としてでも隠蔽しなければならない。

最初から疑念があったにも拘わらず誰にも告げなかったのは、黒木への遠慮があったからだ。根拠もなしに黒木を疑うことに恐怖にも似た自制心が働いたのだ。

不意に光崎は椅子を回転させて、こちらに向き直った。

「氏家所長は科捜研出身だったな」

「はい」

「かつての同僚のミスを何故庇《かば》おうとする」

「別に庇おうとは」

「庇うつもりがないのなら、聞いているこちらが赤面するような建前は最初っから言わんはずだ」

「光崎先生は正義に関心がありませんか」

「そんな胡乱《うろん》なものに興味はない」

「正義は胡乱ですか」

予《かね》てから氏家自身が感じていることだったが、光崎のように老獪《ろうかい》な男の口から聞かされると説得力が増した。

「解剖医の仕事は死体をかっ捌《さば》き、死因を暴くことだ。単純かつ明快、それ以外に遠慮も忖度《そんたく》も必要ない。氏家所長の仕事も一緒じゃないのか」

しわがれた声が胸を貫く。

だから老人と話をするのは嫌なんだ。時折、平然と寸鉄人を刺す。

「……一緒ですね。求められるのはモノに隠された真実だけですから」

「やっぱり聞いているこちらが恥ずかしい」

光崎は席を立つと奥の部屋に消え、やがて見覚えのあるケースを携えてきた。池田が貸してくれたものよりは旧型だが、これもまた室温で中身を保存できる容器だ。

「さっさと持っていけ。年寄りにいつまでも重いものを持たせるな」

投げて寄越すような素振りを見せるので、氏家は慌てて受け取る。

「念のためにお訊きしますが、よろしいんですか。解剖を委託した警視庁との信頼関係が」

「埼玉県警から委託される案件でいい加減手一杯だ。却《かえ》って好都合だ」

「分析が完了次第、即刻お返しします」

「要らん」

光崎は払い除けるように片手を振り、またパソコンに向かう。

「見た通り手狭だ。余分なものを置いておくスペースがない。鑑定センターならまだ余裕があるだろう」

「恩に着ます」

「着るな」

荒い言葉は即刻出ていけという合図だった。

「失礼します」

氏家は深々と頭を下げ、法医学教室を後にした。


鑑定センターに帰着した時は午後十一時を過ぎていた。通常であれば所員全員が帰宅しているところだが、分析を命じられた三人は黙々と作業に勤しんでいるらしい。ブラック企業への非難が厳しい昨今、労務管理者でもある氏家には厄介な問題だが、好きな仕事をしているせいか彼らから不満の声を聞いたことはまだ一度もない。

皆が皆作業に熱中している中、氏家の姿を最初に認めたのは翔子だった。

「お帰りなさい、所長」

「ただいま。はい、橘奈くんにお土産」

光崎からの贈り物を手渡されると、それまで疲れ気味だった翔子の顔が一瞬輝いた。

「これ、まさか」

「第二の事件、入間川の河原で発見された被害者の身体に残っていた体液サンプル。さっき渡したサンプルだけじゃ、どうせ橘奈くんは納得しないでしょ」

「納得します。それにしても、どんな伝手《つて》でこんな対象物を次から次へと調達できるんですか」

「同じ仕事を長いこと続けていると、それなりにパイプができてくるものだよ」

すると翔子は明らかに羨望の目を向けてきた。自分も鑑定センターの責任者となる将来を夢見ているのかもしれないが、パイプの先からは時として異臭悪臭の類いが噴出することも教えておいた方がいいだろう。

「更に分析作業が重なってしまうのだけれど」

「残業代さえいただいたら労働基準監督署に駆け込むような真似はしません」

「それは助かる」

「この職場がなくなるのは、わたしも嫌ですから」

翔子は言い残し、いそいそと自分のデスクに戻っていく。どうやら今日は徹夜になりそうな雰囲気だった。

相倉と飯沼も負けていない。暗室を覗いてみると、山と積まれた対象物を前にゴーグル姿の二人が悪戦苦闘していた。

「二人ともお疲れ様」

「所長。これ、今日中に終わりそうにないです」

飯沼は早くも音を上げた。無理もない。翔子は体液サンプルのDNA鑑定に取られ、河原で回収した砂利群をたった二人で分析しなければならないのだ。

「ガソリン給油しないと日付変わる前に倒れそうっス」

「心配しないで。この界隈、二十四時間チェーンが軒を並べているから」

「できれば叙々苑弁当が」

するとと横にいた相倉が茶々を入れてきた。

「時給より高い弁当は身体と財布に深刻なダメージを食らうよ。第一、さっきのファミレスで君が摂取した総カロリーは一般成人男子が一日に必要なカロリーの約四倍だった」

「摂取したカロリーの大部分は仕事の熱量に消費されるからいいんだよっ」

「科学捜査に従事していた人間とはとても思えない弁解だ」

繊細な相倉と奔放な飯沼は多くの面で対照的だが、氏家が意図するとしないとに拘わらず互いの不足を補うようなコンビを構築している。河原で回収した対象物の分析作業には長時間の集中力と根気が要るので、敢えて相性のいい二人を選抜したのだ。

「進捗はどんなものだい」

「前途多難です」

応えたのは相倉だった。不利だろうが可能性皆無だろうが、耳に入れたくない情報を遠慮なしに報告してくれる。こういう部下は貴重だった。

「まず場所が場所なだけに毛髪は人毛以外のものが多数交じっています。その選別だけでも結構な時間を費やすと思います。それに鑑識があらかた作業を終えて規制線が解除された後、不特定多数の人間が現場を荒らしていて下足痕がざっと四十以上。当時のニュースを再見すると、犯行現場で涙を流す人に鼻水を垂らす人、挙句の果てには唾を吐く人もいたようです」

「子宮を奪う通り魔事件として、ずいぶん世間の注目を浴びたからね。献花に来る人も多かっただろう」

悔やみに現場を訪れた者たちは善意と弔意を示しに来たのだろうが、氏家たちからすればとんだ邪魔者でしかない。いつでもどこでもそうだが、無自覚な善意ほど始末に負えないものはない。

「前途多難な上に、重要な物的証拠を採取するのは不可能かもしれません」

相倉の声は次第に切実さを募らせる。民間からの鑑定依頼の多くは真贋の判断なのでゴールがはっきりしている。対して科捜研のゴールはあってないようなものが多い。容疑者が逮捕され、送検の後に判決が下ったとしても冤罪の可能性が捨てきれない。

「労多くして実り少ないのは科捜研の時分に嫌というほど味わっただろ」

今度は飯沼が割り込んできた。

「白黒つけるのが早くなった分だけ今の方がマシなんだ。今更、そんなことで弱音吐くない」

「飯沼に言われると、弱音の代わりに怒りが湧いてくるな」

「密室でいがみ合ってもらっても困るから、僕も参加する」

元より二人だけに単調な仕事を任せるつもりはない。氏家はいったん白衣に着替えてから、二人の作業に合流した。

日付が替わってから小休止を取ることにした。相倉と飯沼を二十四時間営業のファストフード店へ買い出しに行かせ、氏家自身は冷蔵庫からエナジードリンクを取り出した。配合する成分に規制が掛かっているので医薬品のような効能は期待できないが、カフェインが含有されているので少なくともコーヒー代わりにはなる。

自分のデスクでひと息入れていると、検査室から翔子が姿を現した。深夜過ぎだというのに、生気が溢れているのは若さゆえだろうか。

「別人でした」

第一声で言わんとしていることの全容が把握できた。

「まだ簡易鑑定しただけですが、第二の被害者と第三の被害者に付着していた体液はそれぞれ別人のものです」

氏家は思わず腰を浮かした。翔子の顔は見違えるように輝いている。五里霧中にあった者が光明を見出した時の輝きだった。

「第二の事件の体液サンプルは那智と一致したのかい」

「ほぼ間違いありません。第二の事件の犯人は供述通り那智なのかもしれませんが、第三の事件は別の人間が犯人です。いえ、正確に言えば、被害者の腹部に汗を垂らしたのは那智以外の誰かです」

殺人・死姦行為中に犯人の汗が垂れた可能性が最も大きいが、それ以外にも犯人以外の異性と情交した直後だった可能性も捨てきれない。翔子が言い直したのは、そういう含みがある。

「引き続き精緻な鑑定をお願いします。同じ型のＤＮＡが対象物から採取されれば、その可能性がより高くなる」

「了解です」

力強く頷くと、翔子は踵を返して検査室に戻ろうとする。

「今、二人が買い出しに行っている。夜食摂ってからにしたらどうだい。さっき小休止取っただけでしょ」

「こんな夜更けにカロリー摂取しようなんて女は……」

体型を気にしている女性が聞けば激怒しそうな言葉を残して、翔子は検査室に消えていった。

三人の作業は明け方になっても続き、さすがに氏家は朝七時を以て三人を強制帰宅させ、自身は何とかその日の夕方まで作業を続行した。

午後五時、疲労がピークに達していた氏家は他の研究員より一足先に退所した。氏家の自宅マンションは鑑定センターの入っている商業ビルから徒歩十分の場所にある。通勤の利便性以外にも理由はあるが、今はただ職場から近いのが何より有難かった。

自室に入ってシャワーを浴びると、そのままベッドに倒れ込んで泥のように眠った。

4

ぴぴぴぴぴぴぴぴ。

けたたましい音に氏家は夢から強引に呼び戻された。

束の間の半睡状態から覚醒するまでに数秒。音の正体はすぐに思い当たった。枕元に置いたスマートフォンと壁に掛けられたモニターから同時に発せられる警告音――鑑定センター内の異状を報せる警報だった。

ベッドから跳ね起きた氏家はモニターに視線を移す。センターに残った最後の人間が施錠した瞬間から防犯カメラが働き、中の様子は無線を通じてこのモニターと契約している警備会社に送信されるシステムだった。

ところがモニター自体が異状だった。画面が真っ暗で何も映っていない。誤作動かとも思ったが、今までに発生しなかったケースは疑うべきだ。

手早く着替えて部屋から飛び出す。仕事場から至近距離に自宅を構えたもう一つの理由がこれだった。何かあれば五分で駆けつけられる。

ビルに到着するとエレベーターを待つのももどかしく非常階段を駆け上がる。二階フロアに飛び込んで最初に目にしたのは、危惧した通りの光景だった。

鑑定センターの玄関が破られている。鍵が破壊されてドアが開いたままだ。

やられた。

内心で舌打ちをしていると背後のエレベーターから作動音が聞こえ、間もなく警備員が出てきた。

「警報を受信して出動しました」

「どうやら遅かったみたいです」

警備員とともにオフィスの中に足を踏み入れる。

「なるべく現場を荒らさないようにしましょう」

警備員に注意を促しながら、自らは警戒心を全開にする。室内照明を点けると状況が明らかになった。

オフィス内に顕著な異状は認められない。研究員たちのデスクが荒らされた形跡も備品が動かされたりオフィス家具が開けられたりした跡もない。

だが逆に氏家は慄《おのの》いた。折角オフィスに侵入していながら何も異状がないはずがないではないか。

氏家の足は検査室に向かう。そこに保管されているものに比べれば、この部屋にあるものなど物の数ではない。

検査室の明かりを点けると惨状が露わになった。

まるで台風の通った跡だった。

実験器具が床の上に散乱し、分析結果を収納した小型キャビネットが開かれている。

紙片と試料が散らばり、各種サンプルを保管していたはずの冷蔵収納庫の扉も強引にこじ開けられている。

「何か盗まれましたか」

警備員の切迫した声が空ろに響く。

「ええ。金銭よりも大事なものを盗まれました」

冷蔵収納庫には光崎と池田から預かった体液サンプルが収められているはずだったが、どこにも見当たらなかった。

三　鑑定人と吏員

1

「どうにも手慣れたやり口ですなあ」

本富士署《もとふじ》の齋藤一聡《さいとうかずあき》という刑事は荒らされた検査室を見るなり、他人事のように洩らした。

「防犯カメラをシャットダウンさせた上で玄関の錠を破り、オフィスの中にあるものには目もくれず検査室を荒らしてトンズラ。しかもその間、たった五分ときた」

「まるで泥棒を褒めるような言い方ですね」

「名にし負う鑑定センターに侵入したんでしょ。その蛮勇くらいは褒めてやらないと」

氏家の皮肉に、齋藤は悪びれもせず切り返した。

「侵入したが最後、毛髪も下足痕も徹底的に浚われて分析される。喩《たと》えは悪いが消防署に放火するような真似だ。そんじょそこらの泥棒には思いつかない犯行ですよ」

ありきたりの泥棒でないのは氏家も同じ意見だった。大体、玄関ドアの錠がサムターン回し防止仕様になっているので、よほど熟練した空き巣でなければドアの形状を見ただけで諦めるはずだ。それは先刻から熱心にサムターンの具合を確認している鑑識の人間も重々承知しているはずだった。

本富士署からやってきた四人の鑑識課員はゴーグルを装着して毛髪や下足痕を採取していた。つい二日前には自分たちが同じ格好をしていたのだから、ミイラ取りがミイラになったようなものだ。

鑑定センターに押し入った賊はドリルでサムターンの上部に穴を開け、そこから可燃性の液体でサムターン周囲のプラスチック部分を溶かしていた。所謂「焼き破り」という方法で、大抵の対策もこれ一発で水泡に帰してしまう。

加えて防犯カメラを無力化した腕前は敵ながら天晴《あっぱれ》とさえ言えた。防犯カメラは無線で操作する仕組みだが、氏家が自宅で警告音を聞いた瞬間、画面は真っ暗になった。後で調べてみると、ブラックアウトしていた間は当然のことながら何も記録されていなかった。これは氏家の想像だが、犯人は防犯カメラと同じ周波数を用いて遠隔操作した可能性が高い。仮にそうだとすれば、無線に通暁した犯人像が浮かび上がってくる。

「犯人は検査室にあった小型キャビネットと冷蔵収納庫を荒らしている。中に何が入っていたのかを知っていたんでしょうな。でなければ、こんな荒らし方はしない。所長さんは何か心当たりがありますか」

「キャビネットに収められていた試料と冷蔵されていたサンプルは、ある事件の鑑定のために採取・分析されたものです。それがすっかり盗まれています」

「ある事件。具体的に教えてください」

「公判中の事件とだけ申し上げておきます。試料にもサンプルにも、それぞれナンバーが振ってあります。容器も市販のものだからメーカー名と型番も教えられます」

「中身が問題でしょうが」

「容器はナンバリングだけされていて、個人名や事件名は記載していません。指紋や体液を見ただけで誰のものかなんて分からないから中身は関係ないでしょう」

「犯人が何を狙って侵入したのか我々にも教えないつもりですか」

「警察と同様、我々にも守秘義務がありますから」

「強情な人だ」

　頑なであるのは氏家も自覚している。だが今回に限って警察は当てにならないという思いが、氏家の口を重くしている。

「同じ型の容器が残っていますから参考にしてください」

「運よく見つかったとしても試料もサンプルも役立たずになっているだろうな。厳重なセキュリティを突破したにも拘わらず、盗っていったのが試料とサンプルだけ。狙いが証拠隠滅だというのは誰だって分かる。十中八九事件の関係者が絡んでいるに違いない。それでも情報を提供しないつもりですか」

　氏家は苦笑しかけて思い留まる。

　泥棒が事件関係者である可能性は高い。それは齋藤の指摘通りだ。だが氏家鑑定センターが警視庁を敵に回しているというのが現在の構図なら、真っ先に疑うべきは警察ということになるではないか。

「いったん依頼人と相談します。依頼人から情報を開示してもいいという許可が得られ次第お教えしますよ」

「あのね、氏家さん」

　齋藤はがらりと口調を変えた。

「あんたも以前は警視庁で働いていた人間だろう。いくら民間になったからって、もう少し捜査協力するのがスジってもんじゃないのか」

　口調といい仁義を持ち出す論法といい、ヤクザと大差ない。幸いこういう手合いに対処することにも慣れている。

「長らく警視庁に勤めていたから守秘義務の大切さと、それを破った時の大変さが身に沁《し》みているんですよ。それは齋藤さんも一緒でしょう」

斎藤はじろりと氏家を睨んだ後、不愉快そうに鼻を鳴らした。

「折角これだけの設備が揃っているんだ。いっそ警察なんかの力を借りずに自分の鑑識能力で犯人を特定してみたらどうですか」

「鑑定センターに捜査権はありません」

「しかし内部調査はできる」

「どういう意味でしょう」

「事務所荒らしの大半は内部の犯行です。今回も犯人は獲物がどこにあるかを正確に知っていたようだ。守秘義務もいいが、まずは飼い犬を疑うべきだとわたしは思いますがね」

それが精一杯の悪態だったのだろう。斎藤は気が済んだのか、氏家に背を向けてオフィスから出ていった。

採取すべきものを採取し尽くしてから鑑識の人間たちも退去していった。すると今まで別室で待機していた研究員たちがぞろぞろとオフィスに戻ってきた。

「いやあ、久しぶりに鑑識の仕事が見学できたな」

「俺たちが在籍していた頃より雑じゃなかったか」

「やっぱり警視庁と所轄署とじゃあ差があるんかね」

「あの採取キット、いつの時代の遺物なんだよ」

「警察って、いつも人間と予算が不足しているのな」

皆が口々に好き勝手なことを喋っている中、氏家は翔子を呼び寄せた。

「橘奈くんは何か特別に質問されたかい」

「いいえ。唾液と毛髪を採取されただけです。質問なんて一つもされませんでした。もっとも何を訊かれてもしらばっくれるつもりでしたけど」

翔子は自分のデスクに戻り、施錠していた抽斗《ひきだし》からファイルを取り出した。

「分析結果は必ずコピーを残しておけ。所長の指示が役に立ちました」

「基本だよ」

「このコピー、もうわたしが肌身離さず持っています」

先刻、齋藤から内部による犯行を示唆された際に氏家が微塵《みじん》も動じなかったのは、こういう事情があるためだった。鑑定センターに勤める者は全員、分析結果のコピーを取っている。仮に内部の者による犯行だとしたら、検査室のみならず各人のデスクの中を漁るのが当然だ。ところが実際には、各人のデスクは開けられようとした形跡すらない。いかに時間が切迫していたとはいえ辻褄が合わない。

翔子が集中力を発揮してくれたお蔭で、光崎と池田から拝借したサンプルについては既に分析が完了していた。従ってサンプルを盗まれても、被害は最小限で済んでいたのだ。

「犯人がこれを知ったらどんな顔をするでしょうね」

「わずか五分でサムターン回し防止のドアを破って、防犯カメラを無効化したんだ。

ただのコソ泥じゃない。みんなのデスクが荒らされなかったのは時間がなかったせいだろう。駆けつけるのがあと五分遅かったら、全部のデスクを浚われていたかもしれない」

「逆に言えば、もう少しオフィスにいてほしかったですね」

二人の会話に相倉が割って入る。

「そうすれば、うっかり指紋の一つくらいは残していってくれたかもしれません」

「それはどうかな。足跡や毛髪はともかく指紋まで残すようなへまはしないと思うよ」

自分たちの城を荒らされて、氏家や研究員たちがただ指を咥《くわ》えて傍観できるはずもない。実は齋藤たちが駆けつける前に、オフィス内の残留物はあらかた浚っていたのだ。予てより職員全員の足跡と血液型、そして指紋とDNA型は登録してある。後は採取したものの中から登録外の残留物をピックアップするだけだから、鑑識よりも分析が早くなる。

「現状、着実に残っているのは犯人の下足痕のみ。防犯カメラの無線をジャックした痕跡はあるけど、使用した機器をエンドユーザーまで辿るノウハウは僕たちにない」

「あれは人海戦術だしね。ノウハウというよりも警察の組織力だよ」

氏家はやんわりと相倉を宥《なだ》める。

「それにウチには警察にない強みがある」

「何ですか」

「小回りが利いて、突発時にすぐ対応できること。相倉くん、今日から全てのドアは電子ロックにしておこう。センターを立ち上げた時にそうするべきだった」

「了解しました。すぐメーカーを呼んで」

「何言ってるんだい。メーカーさんを呼ぶ前に電子ロック自体の設計をしなきゃ」

「僕がですか」

「メーカー品は既に研究されて対応策が練られているはずだ。イタチごっこだよ。その点、オリジナルの電子ロックなら容易《たやす》く破られないしね」

傍からは無理筋の要求に思えるだろうが、頼む相手が相倉なら話は別だ。機械いじりが三度の飯より好きで、暇さえ見つけては電子部品で遊んでいる。氏家から誘われると案の定、食いついてきた。

「一週間ほどいただければ」

「そんなに長くセンターを無防備にできない。せいぜい二日。もちろん出来がよければボーナス加算する」

「……三日」

「オーケー。じゃあ三日で完成させてよね。さて、次は飯沼くん」

呼ばれて飯沼がのそりと前に出る。

「彼らの到着する前に残留物の採取は終わっていたよね」

「ええ。でも、あまりにも残留物がないから、本富士署の鑑識もおかしいと思ったはずですよ」

「いいよ、別に。見ていて分かったけど、彼らは真剣に泥棒を捕まえようなんて考えていない。動きを見ていたら分かる。最初から期待してないよ」

「でも、俺たちには捜査権も原則として逮捕権もないんですよ」

「そんなものは要らないよ」

氏家は噛んで含めるように言う。

「わたしたちに必要なのは、どこのどんな法廷に提出しても間違いなく証拠が採用されるための精度なんだよ。裁判官たちが重視するのは捜査手順でも容疑者の立ち居振る舞いでもない」

「……そうですね」

「不明の下足痕があったんだよね」

「ゴム底のパターンが職員の誰とも一致しないものがありました」

下足痕一つが様々なことを教えてくれる。どこから侵入したのか。男か女か、身長と体格はどれくらいで職業は何なのか。氏家鑑定センターには靴底のパターンを分類保存したデータベースがある。警察が備えているものと同等の情報量であり、足跡からメーカーを特定するのは容易だ。しかも製造機械の状態や時期によって生じる微妙な差異から製造年月日と流通経路まで割り出すことができる。

「用意周到なヤツならパターンに細工を施している可能性がある。だけど犯行現場で普段と違う動きをするのは難しい」

「身長と体格、それに性別までは簡単に絞り込めますよね」

「それだけでも充分さ」

「ひょっとして所長には、誰が侵入したのか目星がついているんですか」

「さあ、それなんだけどね。はい、みんな注目」

氏家は居並ぶ研究員たちを前に手を叩いてみせた。総勢七人の研究員たちは何が始まるのか不安げな顔だった。

「この二日間だけでいいけど、僕たち四人が那智貴彦の事件で方々からサンプルを集めて分析していたのを外部に洩らした人はいるかな」

突然の問い掛けに研究員たちがざわめき出す。

「所長、我々を疑ってるんですか」

「我々が空き巣の手引きをしたっていうんですか」

「あんまりです」

「そうじゃなくてさ」

氏家はもう一度手を叩いて皆を黙らせる。まるで中学生のクラスを受け持つ教師みたいだと自嘲した。

「宅配のお兄さんとか、友人からの電話でちょっとした世間話をすることがあるでしよ。その時、研究員が徹夜で作業しているとか何でもない話題が上ったりすると、頭のいいヤツはそれだけで鑑定センターがどんな仕事をしているか見当をつけてしまう。そういう世間話をした覚えはないかって質問だよ」

　質問の意図を理解したらしく、研究員たちは騒ぐのを止めた。しかし互いに顔を見合わせて疑心暗鬼の顔を向けている。

「えーっと、今からみんな目を瞑《つぶ》って。それで覚えのある人は挙手してくれるだけでいいから」

　氏家はほとんどホームルームをしている気分だったが、研究員たちも生徒よろしく全員が目を閉じた。

「はい、手を挙げて」

　しばらくは誰も動かなかったが、やがて一人の手がおずおずと挙がった。

　翔子だった。

「はい、もう結構。みんな目を開けてよろしい。該当者はいないみたいだね。ごめんなさい、僕が少し疑い過ぎていた」

　氏家がそう告げると、翔子を除く全員がほっと表情を弛緩《しかん》させた。こうして皆を見ると、いよいよ中学生の担任という喩えが的を射ているような気になる。

「じゃあ、みんな持ち場に戻って」

　研究員たちが解散してから、こっそり翔子を呼び寄せた。普段はものに動じない風の翔子が、氏家を前にしてひどく恐縮していた。

「あの、わたしの不注意から情報が洩れたのなら、本当に申し訳ありません」

珍しく語尾が震えていた。

「もしそうなら責任を取って辞め……」

「ちょっと待って」

氏家は慌てて片手で制する。

「勘違いしないでほしいけど、何もそんなことを責めるつもりは毛頭ないんだよ」

「でも、こうして現に実害が出ています」

「いや、橘奈さんからの情報が犯人に利用された確証はないんだから。百歩譲ってその話がきっかけになったとしても、盗難は橘奈さんのせいじゃない。それで、どんな内容の世間話だったの」

「所長と四人で市川市河原まで出張して半日かけて採取作業したこと。それから千葉医大と浦和医大から預かったサンプルを分析するために徹夜する羽目になったことです」

氏家は頭を抱えた。最重要な情報が網羅されているではないか。世間話の相手が処理能力と分析力に長けた人間なら、那智事件に関連したサンプルであると容易に推測できるはずだ。

「相手は誰なのかな。嫌なら答えなくていい」

「科捜研の小泉くんです」

意外なようであり、しかし少し考えてみれば頷ける相手だった。

「休憩時間に電話があって……今度の休みに呑みに行かないかという話から、今週は忙し過ぎてどうしようもないって結論になって。サンプル分析の話はその途中で出てきたと記憶しています」

「誘導尋問された感はあったのかな」

「それはなかったです。自然な話の流れで、それに小泉くんて独特のペースがあって」

「うん、分かるよ。いかにも軽薄そうでへらへらしているのに、いつの間にか向こうのペースで喋らされている」

いつぞや赤坂見附のグリル＆バーで再会した時の小泉を思い返す。どこか人を食ったような物言いも、時折見せる油断ならない目も相変わらずだった。氏家が踏み込んだ質問を試みたのも一歩引いた場所からでは彼から本音を訊き出せないと判断したからだが、一方でこちらの本心を見抜かれないように注意していた。彼なら翔子から価値ある情報をさりげなく訊き出すのも可能だっただろう。

しばらく翔子を見ていると、やがて彼女は問わず語りに喋り始める。

「あの……実はわたし、小泉くんとよく呑んだり食事したり……」

口調で二人が単なる呑み友だちでないことが察せられた。

「君たちの交友関係にあまり関心はないし口出しもしたくないな。橘奈さんが誰と呑もうが会食しようが、それで君が引け目を感じる必要は全くない。責められもしない責任で自分を責める必要もない」

翔子は無言で俯《うつむ》く。人の心を読むのは困難だが、彼女の内部が自責の念で潰れないように祈るだけだ。

「話してくれて有難う。持ち場に戻ってください」

「今回の空き巣、犯人は小泉くんなのでしょうか」

翔子は俯いたまま訊いてきた。いつになく感情的な口調だったので、氏家は少しばかり緊張する。

「不明下足痕の分析は飯沼くんに任せてある。全ては彼の分析結果待ちだ。だけど僕が見た限りでは、侵入したのは小泉くんとは思えない。彼の身長だと歩幅はもっと短いだろうね。犯人は別の誰かである可能性が高い」

「所長にそう言っていただけるとほっとします」

「嬉しいけど僕の言葉を妄信しないでよ。信じるのは分析結果だけにした方がいい。もちろん仕事限定でね」

「どうしてですか」

「僕だって間違いは多々あるからね」

「間違いが少ないから信じられるとか、多いから信じられないというのは違うと思います」

「え。そうなの」

氏家の反応を見て、翔子がくすりと笑う。

「所長ってば、そういうところだけは大人じゃないんですよね」

言っている意味が分からないが、少なくとも人格否定ではないのだろう。

「じゃあ橘奈さん、僕は出掛けてくるので留守番よろしく」

「どちらまで行かれるんですか」

「うーん、まあ色々とね」

池田と光崎から預かっていたサンプルを盗まれたのだから、当然詫びに行かなければならない。しかし、自責の念に駆られている翔子にそれを告げる訳にはいかなかった。


お詫び行脚の一人目は千葉医大の池田だった。

「何と事務所荒らしですか」

氏家から事の次第を聞いた池田は心底驚いたようだった。

「それも那智事件関連のサンプルを狙っての犯行とは」

「まだそうと決まった訳ではないのですが」

「警察では何と言っているのですか」

「盗まれたのが那智事件関連のものだとは申告しませんでした。どのみち熱心に捜査してくれるようには見えませんでした」

「サンプルの素性を告げなかったのは、ひょっとしてわたしへの配慮でしたか」

「先生にこれ以上迷惑をお掛けする訳にはいきませんから」

うーんと呻いて、池田は頭を掻いた。

「まだ約束は継続中と考えてよろしいですか」

貸与したサンプルを必ず役立てるという約束だった。

「幸いサンプルの分析は終わり、優秀な研究員が報告書に纏めてくれた後でした」

「現物がなくても法廷には提出できる訳だ。まさに不幸中の幸いですね」

「しかしお預りしたものを盗まれてしまったのは事実です」

「役に立つか立たないかは、これからのことでしょう。それまでわたしの態度は保留しましょう。あなただって、ただ詫びるために時間を割いてはいられないでしょう」

「有難うございます」

「何より、あなたの行動の正しさが証明された。ある人間にはサンプルが脅威だったからこそ盗まれたんです」

池田は納得するように深く頷いてみせた。

「しかしこの場合、サンプルが脅威だったのは警察の側ということになる。氏家さんもそうお考えですか」

「警察といっても色んな部署、色んな人間がいます」

氏家は慎重に言葉を選ぶ。

「組織というのは膨れれば膨れるほど不純物が混ざりやすくなり、また変質しがちになります。警察も例外ではありません」

「断言しないのが、いかにも氏家さんらしい」

池田はわずかに口角を上げる。何やら他人に降りかかった災厄を愉しんでいるように見えないこともない。

「稀に見る殺人享楽者による連続殺人。最初は至極単純な事件と思えたが、ここにきて新展開とは。何でも決めつけてはいけませんな」

「那智が二人を殺害したのは事実なのでしょうけどね」

「それでも人は罪の分だけ罰を受けるべきです。少な過ぎても多過ぎてもいけない。わたしはそう考えます」

二人目、浦和医大の光崎は予想通りの反応を見せた。

「元からくれてやったものだ。盗まれたとしても、こちらは一切痛痒《つうよう》を感じない」

慣れない様子でパソコンのキーを叩きながら、光崎は吐き捨てるように言う。氏家は一度でいいからこの老人が屈託なく笑うところを見てみたいと思うが、きっと宝くじを当てるよりも難しいだろう。

「科捜研が分析結果およびサンプルを紛失した可能性があると言ったな。それが今度はコソ泥にやられるとは」

「面目ありません」

「しかも選りに選って鑑定センターに忍び込んだ。髪の毛一本、足跡一つ残すだけでも危険な場所に敢えて押し入った。その理由、氏家所長なら分かっているだろう」

「そうだ。サンプルには、危険を顧みずに盗むだけの価値があった」

「そうだ。盗んだ犯人には、よほど都合が悪い代物だった」

「そんな大事なものを、仮にいただいたかたちにしても奪われてしまいました。重ね重ね申し訳ありません」

「分析は済んでいたのか」

「盗まれる直前、完了していました。第三の被害者の皮膚に付着していた体液は那智のものではありませんでした。つまり安達香里を殺害した犯人は那智でない可能性が」

「犯人が誰であろうと興味などない」

光崎は皆まで言わせなかった。

「ちゃんと分析ができたのなら問題ない。サンプルにしても分析が終わればただのゴミだ。盗まれたのなら、ちょうどいい厄介払いになるだろう」

その発想はなかったので少し感心した。

「本当に、死体以外には興味がないんですね」

「氏家所長は鑑定結果以外に興味があるのか」

「なるべく興味を持たないように心がけています。先入観は作業の邪魔になりますから」

「それならいい」

光崎はパソコン画面に視線を戻すと、もう二度と氏家を見ようとしなかった。

最後の訪問先は吉田の事務所だった。鑑定センターが荒らされたことを聞くと、やはり吉田は驚いていた。

「預かった二つのサンプルは分析済みだったので、それほどの実害がなくて助かりました」

「いや、玄関が破られて防犯カメラが無力化されたのなら、大した実害じゃないか」

「セキュリティ上の問題を指摘してもらったと思えば安いものです。お蔭で今後はより強固な警備体制を構築できますからね」

氏家のポジティヴさに呆れ気味の吉田はすぐ分析結果に話を移す。

「安達香里の身体に付着していた体液が那智のものでないことが証明されたか」

「市川市河原で採取した残留物についてはまだ分析中ですが、この中に那智のものが見つからなければ、ますますその可能性は強まるでしょうね」

「三人殺せば極刑は間違いないが、二人ならまだ免れるかもしれない……検察側が見透かしている通りの展開になってきたな」

「しかし吉田先生。安達香里の皮膚に第三者の体液が付着していたからといって、那智が彼女を殺害していないという積極的な証拠にはなりませんよ」

「谷端と裁判官たちがそれで弁護側の主張を認めてくれそうにないのは分かっている。ただ反証材料にはなるだろう。後はこの材料をどこまで補強できるかだ」

「一番効果的なのは安達香里を殺害した真犯人を挙げることでしょう」

吉田はそれも承知しているというように、小さく頷いてみせる。だが弁護士も民間の鑑定センターも捜査権を有していないので、手も足も出ない。結局は有益な手掛かりを提供して警察に動いてもらうしかないが、那智貴彦に好意的な警察官など干し草の山から針を探すに等しい。彼らから協力を得られる見込みはほぼ絶望的と言ってよかった。

「しかし、ただ指を咥えて見ている訳にもいかん」

吉田は落ち着かない様子で膝を揺する。

「安達香里の皮膚に付着していた体液から個人を特定する方法はないのか」

「警察のデータベースに載っていれば話は別ですが、さすがにウチが手を出せるものじゃありません。また、前科がなければ警察でも特定のしようがないでしょう」

「警察に捜査を依頼……いや、これは無理筋か」

吉田は自問自答して頭を振る。警察・検察にとって那智貴彦は極刑にしなければ世間が納得しない被告人だ。その弁護人の依頼で再捜査に動く望みは薄く、仮に一人か二人物好きな警察官がいたとしても組織の論理に抵抗できるとは思えない。長らく検察庁に属していた吉田と、やはり長らく警察組織の中にいた氏家は虚しい共通認識を持っている。

「氏家さん。望みは限りなく薄いが、わたしは那智の弁護人として最善を尽くさなければならない。だから無理かもしれないが知己の警察官に協力を仰いでみようと思う」

吉田の真剣な目を見ていると、無駄だからやめろとはとても言えなかった。

「ついては氏家さんにも折り入ってお願いがある。まだ科捜研とパイプは繋がっているのかね」

「まさか」

「そのまさかだ。できることならサンプルの分析結果を科捜研に回して、警察のデータベースに照合してもらえないだろうか」

「資料を提供したところで、向こうに無視されたら同じなんですよ。彼らが吉田先生やわたしの要請に耳を貸すと思いますか」

「組織の論理が堅固なのは重々承知している。しかしその中にあって、個人と個人の結びつきは別だろう。氏家さんにも胸襟を開ける相手が科捜研に一人くらいは残っているだろう。無論、氏家さんにもプライドがあり、鑑定センターの所長にむかって科捜研に分析や照合を依頼しろなどというのが失礼千万なのも分かっている。しかし、そこを伏してお願いする」

吉田は深々と頭を下げた。

「先生、頭を上げてください。困ります」

「困っているのはわたしの方だ」

「生憎ですが、わたしは科捜研にパイプなんてありません。あるとしたらストロー程度のものです。だから先生がどれだけ頭を下げられてもわたしにできることは一つもありません」

「しかし科捜研にいた時分には非常に優秀だったと噂で聞いている」

「能力と人望は全くの別物です。詳細は控えますが、わたしはある件で科捜研の現副主幹に憎まれているんです。たとえ平身低頭しても門前払いを食うのがオチでしょうね」

「氏家さんほどの人が門前払いというのは、いくら何でも比喩だろう」

「先日、当人に会ったので確かですよ。わたしが那智事件に関わっていると知られた今は尚更でしょう」

「いったいその副主幹とどんな確執があるというんだ」

「詳細は控えると言いました。相手のある話でもありますから」

そうか、と呟いて吉田は肩を落とした。しかし、わたしが必死であるのは理解してほしい」

「無理を言って悪かった。

「充分ですよ」

吉田が私利私欲で氏家に頭を下げている訳ではないのは百も承知している。だから
こそ彼の願いを気軽に聞いてやれない自分が情けない。

「科捜研以外に協力してくれるところがないか考えておきます」

考えておくと言いながら、当ては全くと言っていいほどなかった。

ふと壁の時計を眺めると午後十時を過ぎている。

失礼します、と席を立った瞬間だった。

氏家のポケットの中から着信音が鳴り響いた。表示を見れば080から始まる未登
録の番号だった。

「もしもし」

『所長さんのケータイでよろしかったですか。わたし、本富士署の齋藤です』

たちまち声と顔が一致した。

「何か捜査に進展でもありましたか」

『進展というよりは新展開ですね。氏家鑑定センターの研究員さんが襲われました』

「誰がっ」

叫んだと同時にスマートフォンがみしりと音を立てた。

『橘奈翔子さんです。帰宅途中、暴漢に襲われて』

「彼女は無事ですか」

『幸い軽傷で済みました。現在、最寄りの湯島病院で治療中です』

「今からそちらに向かいます」

戸惑い気味の吉田を残し、氏家は事務所を飛び出した。

2

氏家が病室に入ると、ベッドで上半身を起こした翔子と二人の警察官が目に入った。うち一人は所長さん」

「ああ、所長さん」

齋藤から呼び掛けられたが、氏家は挨拶もすっ飛ばしてベッドに向かう。

寝衣《しんい》の翔子は左肩から肘までを包帯で包んでいた。

「大丈夫かい」

包帯姿を前に間抜けな質問だと思ったが、翔子は笑うどころかひどく面目なさそうに頭を垂れた。

「骨を折られたのか」

「脱臼で済んだんですけど……ホント、失敗ばかりで……すみません」

「襲われたのは君のせいじゃないだろ」

「わたしの、わたしのせいです」

襲われたショックがまだ残っているのか、時折声を詰まらせている。

「那智事件のサンプル分析をバッグの中に入れていたんです。そうしたら後ろから殴りつけられて」

「被害状況はわたしから説明しますよ」

翔子の言葉を遮って、齋藤が後を継ぐ。

「東京メトロ湯島駅に向かう途中、三洋化学工業の前を通り過ぎようとした際、背後から何者かに襲撃された模様です。鉄パイプのようなもので左肩に一撃、橘奈さんが肩掛けにしていたバッグを奪って、そのまま逃走したらしい」

模様とからしいとかの曖昧な言葉が頻出するのは、翔子の証言を基にして状況を再現しているからに相違ない。

「目撃者は」

「橘奈さんが路上に倒れているのを後方から歩いてきた男子大学生が発見して通報しました。犯人が立ち去った後なので、目撃はしていないようです」

襲撃された現場は氏家自身が何度か通っているので知悉している。メインストリートの昌平橋《しょうへいばし》通りを一筋奥に入った通りで、夜の十時ともなればめっきり人通りが絶える。道路幅が狭いのでクルマの行き来もあまりない。この時間帯では捜査員が地取りを行っても、目撃情報を得るのは容易ではあるまい。

「バッグの中には財布も入っていたので、もちろん単純なひったくりという線も有り得る。しかし被害女性の勤め先が昨夜事務所荒らしに遭っているのを考えると、偶然の一致で済ませるには無理がある。盗まれた分析結果とサンプルに絡んだ盗難とみるのが妥当でしょう」

齋藤に言われるまでもない。

「だから言わんこっちゃない。あの時、サンプルの中身を我々に教えてくれていたら、橘奈さんもこんな目に遭わずに済んだかもしれないのに」

齋藤の非難めかした言葉に強い反応を見せたのは氏家よりも翔子だった。びくりと肩を震わせ、臆病な小動物のように身を硬くしている。

どうして翔子が怯えなければならないのか。責められるべきは職業倫理に拘泥《こうでい》した氏家なのに。

無性に腹が立ち、つい言葉が尖った。

「ではお聞きする。サンプルの中身を教えたら齋藤さんはその日のうちにコソ泥を逮捕できましたか」

「はい？」

「事務所荒らしに遭ったのが昨夜。こんな目に遭わずに済んだと豪語するならこの一日で逮捕できた確証があるのでしょうね」

「いや、それは」

「もう言ってしまうが、我々はオフィス内に残っていた下足痕で犯人の身長と体格まで割り出した。靴の種類とメーカーも特定できた。では本富士署の鑑識はこの一日で、どこまで分析作業を進捗させているんですか」

ここまで強く反駁《はんばく》されるとは予想していなかったらしく、齋藤は半歩ほど下がる。

「仮に鑑識の作業がウチよりも進んでいて容疑者が浮かんでいたとして、橘奈くんが襲われると予想できたのか。彼女に二十四時間の警護ができたというのか」

「いや、あの」

「あなたが氏家鑑定センターに何を思っているのかは知らない。だが警察の捜査能力をかさに着て、できもしないことを吹聴しない方がいい。長い間、科捜研で刑事部を横目で見てきたんだ。あなたたちの仕事ぶりは熟知している」

はじめに見せた居丈高はどこへやら、齋藤は反論一つすらできず口籠る。

「あなたの口から説明できるのなら、もう橘奈さんからの事情聴取は終えたのだろう。彼女が精神的に参っているのは一目瞭然だ。用が済んだのならお引き取りいただきたい」

氏家が言い放つと、齋藤ともう一人の刑事はきまり悪そうに退室していった。

二人きりになると氏家はベッドの傍らに座り込んだ。己の不甲斐なさと従業員、しかも女性に危害が及んでしまった申し訳なさで自己嫌悪に陥る。

しばらく気まずい沈黙が流れた後、ぽつりと翔子が洩らした。

「最悪な一日でした」

「だろうね」

「徹夜の後って却ってぐっすり寝られないんです。中途半端な睡眠で、お化粧の乗りも悪くて」

「そういう仕事を依頼した僕の責任だな」

「最悪中の最悪はいくら付き合っているからといって部外者にセンターの機密情報を洩らした自分で、仕事中はずっと自己嫌悪と闘っていました」

「今の僕がまさにそれだ」

「仕事を終えてセンターを出たら暴漢に襲われて、ホントに今日は散々な一日でした。でも一つだけラッキーなこともあって」

「何だい」

「所長が他人に向かって激怒する姿を初めて見ました。これはレアかな、と。だって科捜研に勤めていた頃から、誰も所長が怒ったところなんて見たことなかったし」

「そうだったかな」

「所長って観察力はすごいのに、自分については無頓着なんですね」

「得てして人間はそういうものだよ」

「いえ、きっと自分のためじゃなくて、他人のために怒れる人なんだと思います」

「とんだ買い被りだ」

「それで安心して懺悔《ざんげ》できます」

翔子の声のトーンがまた一段下がった。

「君に懺悔することなんてあるのかい」

「刑事さんには言えなかったんですけど、わたし、小泉くんに分析作業以外のことも喋っていたんです。ずっと前なんですけど」


翌朝早く、小泉から電話が入った。

『ニュースで見ました。翔子ちゃんが襲われたって。大丈夫なんですか』

「橘奈さん本人から君に連絡は入ってないのか」

『ええ。でも病院内ではケータイの使用できるエリアが限られているし』

「ニュースでは言ってなかったのか。命に別条はないから心配しなくていい」

『心配するなと言われても心配しますよ』

「面会謝絶じゃないから、会おうと思えば誰でも会える。でも、多分君に関しては患者の方で謝絶するかもしれないな」

『何故ですか』

「身に覚えはないかい。彼女は可哀《かわい》そうなことに、僕に懺悔する羽目になった」

しばらく沈黙があった。

『……氏家さんなら俺と会ってくれますか』

「おや、君まで僕に懺悔するっていうのかい」

『会ってくれるんですか、くれないんですか』

『五分だけなら。今すぐウチが入っているビルの前までおいで。他の研究員に顔を見られたくないだろ』


ビルの前では約束通り小泉が待ち構えていた。

「氏家さん」

こちらの顔を見るなり口を開いたものの、その次の言葉を迷っている様子だ。

「ニュースでは橘奈さんの入院先までは伝えていなかった。君としては見舞いに行きたいけど、彼女が会ってくれるかどうか不安で仕方ないってところか」

「翔子ちゃんは氏家さんに何を懺悔したんですか」

「那智事件に関して分析作業をしているのを、君に教えたこと。一昨日、ウチが事務所荒らしに遭ったのは、自分から情報が洩れたせいだとひどく悔やんでいる」

「翔子ちゃんのせいじゃない」

「そう。事務所荒らしは君のせいだ」

小泉が不意を突かれた瞬間を狙って、氏家は畳み掛ける。

「昨日、橘奈さんからは別の嫌な話も聞いた。以前、君と食事をしている時、ウチの検査室の話になったそうじゃないか。採取されたDNAサンプルは冷蔵保管が原則だから、自ずと冷蔵収納庫が必要になるし場所も作業場とは隔離される。いきおいオフィス内の間取りを説明する羽目になる。橘奈さんから話を聞いた君なら、初めて訪れたとしても検査室の位置は見当がついたはずだ」

「俺が犯人だっていうんですか」

「犯人とは言っていない。間取りを知っていたと言っている。つまり君から情報が他に洩れた可能性もある。何しろ等々力管理官直々にお出ましになっているから、科捜研の連中はウチが那智事件に関わっていることを全員が知っているとみて間違いない。言っちゃあ悪いが、君は人から情報を訊き出しもするし色々と画策もするけど、決して自分の手を汚す人間じゃない。少なくとも勝手の分からないオフィスを自分で荒らそうなんて考えるタイプじゃない。また、橘奈さんが資料を肌身離さず持っているのを知ったとしても、君が背後から殴りつけてバッグごと強奪するとも考え難い。付き合っているのなら、もっとスマートに分捕れるはずだからね。さあ、話してくれ。橘奈さんから得た情報を、いったい誰に洩らしてくれたんだい」

詰め寄られると、小泉は顔を逸らして退路を探し始めた。

逃がしてなるものか。

「ただし僕は君が犯人でいてくれた方がよっぽど良かったんじゃないかと思っている」

「どうして」

「橘奈さんが傷つけられたからさ。肩を脱臼しただけで命に別条なし。でも傷を負ったのは肉体だけじゃない。圧倒的な暴力を前にすれば、自分の力など無きに等しいことを実感させられる。絶望と自己嫌悪が精神を蝕《むしば》む。女性に対する暴力の本質はそれだ。橘奈さんは強い女性だけど、立ち直るにはちょっと時間が掛かる。立ち直ったとしても、理不尽な暴力に襲われた事実は何度も彼女の心を苛《さいな》むだろう。いいか、彼女に一生消えない傷を負わせたのも、元を辿れば君だ」

小泉の目は正視されるのに耐えられず、忙しなく泳ぐ。普段から軽薄そうに振る舞っているのは己の脆《もろ》さを隠すためだったのだろうが、氏家にはお見通しだった。そういう人間は一気に畳み掛けて鎧《よろい》の一部を破られるとひとたまりもない。

「君に罪悪感があるなら話せ。いったい誰に洩らした」

互いの鼻先が触れそうになるほど顔を近づける。表情を間近で観察していると、小泉の自制心が限界に近いことが分かった。

もう一息。

だが、その寸前、小泉は予想外の退路に逃げ込んだ。

「勘弁してください」

両手で氏家を押し退けると、後ろに下がった。

「警察官じゃないけど、俺は組織の一員です。あそこでないと生きていけない人間です。みんながみんな、氏家さんみたいに生きられる訳じゃない」

「このままじゃ、もう二度と橘奈さんに会えなくなるよ」

「あんたに弱い者の気持ちなんて絶対に分からない」

小泉は泣き笑いのように顔を歪めたかと思うと、走り去っていった。

3

翌朝、氏家は世田谷《せたがや》の桜新町《さくらしんまち》を訪れた。

この辺一帯は渋谷から電車で十分圏内であるにも拘わらず、落ち着いた雰囲気がある。大きな道路に面していないのでクルマの行き来が限られているからだ。同じ世田谷区内にあって成城《せいじょう》や等々力《とどろき》といった高級住宅地とは違う趣がある。

科捜研副主幹黒木康平の住まいはここにあった。かつて氏家も何度か訪れたことがある。当時は指向の違いこそあれ、互いに刺激し合う吏員同士だった。

最後に訪れたのは数年前だが記憶は確かで、歩いていると道順を思い出す。難なく目的地に到着できた。

黒木宅はスレート葺《ぶき》の平屋建てで、本人の弁によれば中古住宅を購入したという話だったが、手入れが行き届いているのか朽ちた印象は最低限に抑えられている。壁の塗装に屋根の修理、そして花壇の手入れとメンテナンスに気を配っているのは、いかにも黒木の住まいと思えた。使えると判断したものは耐用年数を超えても使い続けるのが黒木の流儀だった。

玄関前まで歩み出た氏家は少し緊張していた。以前とは置かれた立場も違えば間柄も違う。科捜研で面会を申し入れても門前払いを食うのは目に見えている。それよりは自宅を急襲した方がまだマシと考えた上での朝駆けだったが、〈HANAYAGI〉での別れ際を思えば塩を撒《ま》かれても不思議ではない。

インターフォンに指を伸ばしたその時、いきなりドアが開けられた。

「あ」

氏家を見て短く叫んだのは、目元が黒木によく似た青年だった。

「氏家さん、ですよね」

「浩《ひろし》くん……か」

久しぶりに見る、黒木の一人息子だった。最後に顔を合わせたのは、まだ浩が中学生の頃だった。あれから六年が経っているが、紅顔の少年も今や一端《いっぱし》の大人の顔をしている。

「お久しぶりです」

「こちらこそ。すっかり見違えたよ。確か千葉医大に合格したんだっけ」

「お陰様で」

「今何年生だい」

「三年生です」

「三年生かあ。他人の子どもは成長が早いというのは本当なんだな」

不思議なもので、話しているうちに少年時代の浩が甦ってくる。父親に似ず、人見知りや内向とは無縁な男の子だった。氏家が訪ねると、よく鑑識の仕事について質問攻めにされた憶えがある。厳格な父親の庇護《ひご》の下、捻《ひね》くれもせず順調に育ったような印象だった。

「氏家さんは独立したんですよね。民間の鑑定センターを開業したと父から聞いています」

「あまり喜んではいなかっただろ」

「激怒してました」

予想通りだ。良くも悪くも裏表のない男だから、三行半《みくだりはん》を叩きつけた相手の新たな門出を祝うはずもない。

「父に用事ですか」

「まだいるかい」

「あと三十分で出てきますよ」

「時間に正確なのも相変わらずか」

「あの……ちょっといいですか」

浩は小声で近づいてきた。

「氏家さん、科捜研を辞めてから全然ウチに寄ってくれなくなったじゃないですか」

「退職しちゃったら、それは縁遠くなるよ」

「それだけですか」

浩は射るような目でこちらを見る。真摯な眼差しを浴びていると、逃げるのが悪徳であるような気がしてくる。成人した人間にいつまでも伏せておく話でもなければ、いつまでも隠し果せる話でもない。

「決して君のお父さんがどうということじゃない。経緯を聞いた後でも、お父さんに対する態度を変えないかい。それなら話してあげられる」

氏家がひざ丈の花壇のブロックに誘うと、浩は応諾して腰を下ろした。

「もうこの歳ですからね。父親の悪口聞かされても、別に怒ったり氏家さんに殴りかかったりはしませんよ」

「どちらかといえば、悪いのは僕の方だったんだよ」

氏家は昔話を語り始める。


まだ氏家も黒木も研究員主査だった頃の話だ。主査といえども二人の見識と技術は群を抜いており、ともに当時の管理官が一目置く存在だった。

夏の終わり頃、都内でひったくり事件が発生した。被害者は八十二歳の老女で、銀行から現金を下ろした後で襲撃されたのだ。被害は三百万円に加えて老女の死亡。バッグを奪われた際、アスファルトに転倒し頭部を強打したためだった。

警視庁は強盗致死事件として捜査を開始、科捜研の職員も総出で現場の残留物採取に当たり、中には休日返上で分析作業に明け暮れる者さえいた。

現場は見通しの悪い細い路地で、防犯カメラもなければ目撃者もいなかった。手掛かりといえばアスファルトに残されたタイヤ痕だけで、ひったくり犯はバイクに乗って背後から老女を襲ったものと推測された。現場から採取されたタイヤ痕は合計九種類。うち一種類が犯人の乗るバイクだが、その特定をしたのが黒木だった。

連日、タイヤ痕の照合が行われた。タイヤのトレッドパターンでバイクの車種を絞り込み、摩耗具合で走行距離と経年を割り出す。タイヤ成分の比率は製品によって相違があるので、微量のタイヤ痕からでも製造年が特定できる。後はエンドユーザーを辿るために都内のバイクショップを虱潰《しらみつぶ》しに当たるだけとなった。

警視庁と所轄の人海戦術によって、やがて一人の容疑者が捜査線上に浮上する。現場近くに住む無職の男性。バイク歴が四年で、事件当日は遠乗りをしていたと供述してアリバイもなかった。

捜査本部はこの無職男性が犯人であると断定し、任意同行で引っ張るや否や尋問を開始する。四十八時間以内に本人から自白を引き出すために、自ずと尋問内容は苛烈になっていく。法律で定められた一日八時間以内という制限の中、違法寸前の取り調べが続けられた。

そして尋問開始から四十五時間後、遂に無職男性は自白を始め、捜査本部は彼を逮捕する。

ところが同時刻、科捜研の氏家は捜査資料を見直していてとんでもない事実を発見する。捜査本部が犯人の残したものと断定したタイヤ痕が実際のものと取り違えられていたのだ。科捜研の失態を知った氏家は上司や黒木への連絡をすっ飛ばし、直接捜査本部に事の次第を報告する。

現場に残っていたタイヤ痕は九種類。初動捜査を焦るあまりに発生した単純なミスだったが、このミスがやがて捜査本部のみならず警視庁全体を巻き込むスキャンダルへと発展していく。

氏家の指摘を受け、急遽捜査本部は再捜査に着手する。真正のタイヤ痕からまたぞろエンドユーザーを辿り、行き着いたのは事もあろうに警視庁警備部課長の子息だったのだ。仰天した捜査員たちが任意で取り調べたところ、件の子息はあっさり犯行を自供した。

誤認逮捕。しかも真犯人が現役警察官の子息であったことから、無職男性はスケープゴートではなかったのかとマスコミの追及が開始される。事実は単純なミスが生んだ結果にも拘わらず、警視庁は痛くもない腹を探られることとなった。

釈放された無職男性がマスコミのインタビューに答えた内容が、ネガティヴキャンペーンの火に油を注ぐ。

捜査員による言葉の暴力。

一日八時間という定めは守りながら、容疑者にトイレ休憩も許さなかった。

決めつけによる捜査で、奪われた現金の行方も追おうとしていなかった。

現場に直近の防犯カメラの解析すら行っていなかった。

大体、最初から犯人が警察関係者の身内だから庇おうとしたのではないか。

警視庁ぐるみで揉み消しを図ったのではないか。

その他数々の遺漏がほじくり返され、警視庁はとうとう異例の謝罪会見を行う羽目になった。

『今回は初動捜査の不手際で一般男性に多大な迷惑をお掛けし、まことに申し訳ないことをしました。もっと多角的な捜査をしていれば誤認逮捕は防げたと思う。今後は再発防止を図りたい』

警視庁トップがテレビカメラの前で頭を下げたのだから、担当者にはそれ以上の針の筵《むしろ》が用意されて当然の成り行きだった。しかし事態は大方の予想を覆すかたちで展開する。最初にミスを犯した黒木の降格・減俸処分はややもすれば温情処分と言えた。

意外だったのは、ミスを発見した氏家への風当たりだった。警視庁や捜査本部から慰労や感謝の言葉はなく、逆に抗議の声が寄せられたのだ。

仲間の背に弓を引きやがった。

あいつのせいで警察の威信が地に堕ちた。

裏切り者。

獅子身中の虫。

内外から謂れのない誹謗中傷を浴びたものの、氏家はまだ平静を保っていられた。正しいことをして何が悪いと半ば開き直ってもいた。警察の附属機関に籍をおきながら警察官ではないという立場が氏家を楽観視させていたが、どっちつかずの身分は庇護者の不在をも意味していた。

自分に対する有形無形の嫌がらせが続いたが、氏家は意地もあって決して頭を下げようとしなかった。間違ってもいないのに首《こうべ》を垂れるのは、今まで己が信じ護ってきたものに対する冒瀆《ぼうとく》だと思っていた。理不尽な仕打ちだったが、元来組織は理不尽なものだと割り切ったつもりだった。

だが、そんな氏家のメンタルを打ち砕いたのは、他ならぬ黒木のひと言だった。

『俺に恨みがあるのなら、口で言ったらどうだ』

自分や上司をすっ飛ばして捜査本部に報告を上げたのは、元々陥れるつもりだったのだろう――氏家を見る黒木の目は怨嗟《えんさ》に濁っていた。

翌週、氏家は副主幹に退職願を提出した。技量を競い合った相手に軽蔑されてまで科捜研に残る理由は存在しなかった。

黒木から浴びた言葉は伏せて説明を終えると、早速浩が突っかかってきた。

「氏家さんは何も悪くないじゃないですか」

「ミスに気づいても、誰にも相談しなかった」

「放っておけば、無職の男性は冤罪を着せられて送検されたんでしょ」

「それでも知らせる方法に問題があった。犯人が警察官の身内だと知らなかったとはいえ、慎重にも慎重を期す必要があった」

「ただの結果論じゃないですか」

「僕の悪い癖だったんだよ。データは読めるが空気が読めない」

そう、まさしくあれは空気だった。一般市民よりも身内を気遣う空気。冤罪よりも醜聞を怖れる空気。そうした空気が圧力となって氏家に襲い掛かってきたのだ。

「そんなことが原因で氏家さんの足が遠のいたのなら、父は謝るべきですよ」

「謝る必要はないし、謝るにしても相手も違う。僕が長らくご無沙汰していたのは、ただ僕が無精者だったからに過ぎない」

「でも」

「朝っぱらから長話して済まなかったね。さあ、行った行った」

氏家が手を払うと、浩は未練がましくこちらを振り返りながら道路の向こうへと消えていった。

小さくなる背中を見ながら、今の打ち明け話が浩の心に影を落とさなければいいと願う。

しばらく待っていると、浩の予告した時間に再びドアが開けられた。

「何だ、お前か」

黒木は氏家を見ても、わずかに眉を顰めただけだった。まるでセールスマンや宗教の勧誘に向けるような冷ややかな視線だった。

「こんな朝早くに待ち伏せとはな。いつからブン屋の真似をするようになった」

「科捜研は敷居が高いんですよ」

「じゃあ自宅は敷居が低いのか。ふざけるな」

「だから家の中にお邪魔しようとは思っていませんよ」

「何の用だ」

「お願いしたいことがありましてね」

「お前の願いなぞ聞き入れると思うか」

「内容を確認してから断ってもいいんじゃないですか」

「そんな暇があるか。これから出勤だ」

「科捜研に到着するまでの時間をくれればいい」

黒木はふんと鼻を鳴らして歩き出す。明確な拒絶を受けなかったのをいいことに、駅に向かう黒木の後を追う。

訪問の目的は吉田からの依頼を黒木に打診するためだった。

『できることならサンプルの分析結果を科捜研に回して、警察のデータベースに照合してもらえないだろうか』

無理筋の話と思えたが、吉田からの依頼を無下にする訳にはいかない。加えて警察のデータベースにアクセスするというのは、吉田にとって魅力的な提案だろう。

「と、弁護人が申し出ているんです」

「科捜研の人間に申し出るような内容じゃない」

「しかし安達香里の腹部に付着していた体液は那智以外の人物のものです。第三の事件に関する限り、那智は冤罪かもしれないんですよ」

「冤罪じゃないかもしれない。被害者が凶行に遭う前、別の男と情交に及んでいた可能性だってある」

「否定しません。しかし同様に冤罪である可能性も否定できません」

「冤罪であると証明したら、またぞろお前は勝ち誇るつもりなのか」

やっと黒木は振り向いた。

「六年前にしたことをもう一度繰り返して、警視庁と科捜研を嘲笑《あざわら》おうというのか」

「そんなつもりはないですよ。今も、そして六年前も」

「どうだかな。お前は殊《こと》の外《ほか》、権威が嫌いらしい。嫌いな権威を失墜させるためには手段を選ばない」

「ひどい言われ方だな」

「ひどい言われ方をされるようなことをしたから当然だろう」

黒木は急に声を落とした。駅に向かう人々が多くなり、声を潜める必要が出てきた。

「あのひったくり事件で真犯人と警備部の課長がどうなったか知らんはずはあるまい」

「犯人は懲役十八年の実刑判決を食らいました」

「そして警備部の課長は早々に依願退職し、退職金を丸々被害者遺族に送金した。二審で息子の刑が確定すると、その日のうちに首を括《くく》った。それが彼の責任の取り方だった」

父親の自殺はニュースで知った。

その時、受けた衝撃は今でも忘れられない。まるで自分の撃った銃弾が跳弾となって無関係の人間を貫いたような唐突感を味わった。

「責任を取るのは老女を死なせた息子だけでいい。親は関係ない」

「お前らしい論理的な考え方だが、人間は論理だけで生きている訳じゃない。お前のやった行為は正しい。だが、正しけりゃいいってもんじゃない。お前は無実の男を救った代わりに、実直な警察官を死に追いやった。仲間の死を何より悔いる警察官が、お前のことをどう思っているか改めて聞きたいか」

「あなたは話を混同させている。六年前のひったくり事件と那智事件は別個でしょう」

話しているうちに氏家は次第に苛立ちを覚えてきた。

「僕を詰《なじ》るのは構わない。あなたの権利かもしれない。しかし冤罪の可能性が少しでもあるのに、それを確かめようとしないのは研究者としての怠慢じゃないんですか」

「お前に怠慢呼ばわりされる覚えはない。民間の鑑定センターが科捜研のやり方に口を差し挟むな」

「あなたのそういう権威主義も変わらないな」

自分のしたことの是非は承知しているつもりだった。

幼かったかもしれない正義感に駆られ、後先考えずに科捜研のミスを訴えた。その結果、一つの冤罪が晴れ、もう一つの犯罪が白日の下に晒され、そして一つ余分な悲劇が起きた。

正義が正しいとは限らない。確かに黒木の言うことは真理だろう。しかしあの時、氏家が告発する以外にどんな手段があったというのだろうか。

「少しでも冤罪の可能性が捨てきれないから、分析を終えた試料でも予備に残しておく。分析作業を行う者の鉄則だ。それなのにどうして那智事件では全試料を消費するような真似をしたんですか」

「民間が口を差し挟むなと言ったはずだ」

「子どもみたいな駄々を捏《こ》ねないでくれ。このまま放っておいて、もし三番目の事件が冤罪だったらどうするつもりですか。二人しか殺害しなかった那智は本来懲役刑で済むはずのところを、極刑にされるかもしれない。安達香里を殺害した真犯人は罪を逃れ、また新たな犠牲者を生み出すかもしれない」

「前にも言ったが那智のような犯罪者に同情の余地はない。一人殺した時点で死刑に値する。お前の論理的思考にはそぐわないだろうが、人間の命や存在価値は決して平等じゃない。世の中には死んだ方が世のため人のためになるケダモノが確実に存在する。那智はそういうケダモノの一人だ」

「彼が人間かケダモノかを判断するのは僕たちの仕事じゃない。僕たちの仕事はあくまで特定と分析だ」

「お前はただ逃げているだけだ。建前に逃げて判断を保留し、自分自身を傷つけないように回避している」

黒木は断言口調で言う。独断に満ちているが、一端は真実を掠《かす》っているので笑い飛ばすことができない。

「僕のことはどうでもいい。正義の話もどうでもいい。これは職業倫理の問題だ」

職業倫理と聞いた途端、黒木はまた顔を逸らした。

「死体の腹部に付着していた那智以外の人間の体液。それが前科者の体液だったら、事件の様相は大きく変わってくる」

「お前はあくまでも那智の、あの享楽殺人犯の供述を信じるというのか」

「冤罪の四分の一は科学捜査が引き起こす。確率を下げるためには何度でも検証するべきだ」

「全く、くどいくらいに論理を振り翳《かざ》しやがって」

とうとう黒木は立ち止まって氏家を睨みつけた。

「弁護人の依頼だか何だか知らんが、手前の職業倫理を他人に押しつけるな。大体、警察のデータベースで照合しろと言っているが、その肝心要の試料や分析結果は根こそぎ奪われたんじゃないのか。話は伝わっているぞ。鑑定センターに侵入されるわ、分析結果を持ち歩いていた橘奈は襲撃されるわ、とんだ災難だったそうじゃないか」

さすがにそれを言う際に揶揄《やゆ》や皮肉めいた響きはない。襲われた翔子が元は自分の部下だった経緯も手伝っているのだろう。

「ありもしないサンプル分析をどうやってデータベースと照合させるつもりだ。冗談は休み休み言え」

「サンプル分析はありますよ」

瞬間、黒木の表情が固まった。

「何だって」

「折角、事務所荒らしから免れたものを、たった一人の職員に管理させると思いますか。コピーを取る癖をつけているのは橘奈くんだけじゃない。僕もですよ」

今度こそ黒木は呆れたように氏家を見る。

「襲われた橘奈が気の毒だな。犯人も最初からお前を襲ってやればいいのに」

「コピーは彼女が持っていると情報を洩らした者がいるのでしょう。しかし、それはもうどうでもいい話です」

「どうでもいいはずはないだろう。警察に言えば、犯人の絞り込みができる」

「それはどうでしょう。所轄の本富士署は捜査に熱心なようには見えませんでした。第一、その程度の絞り込みなら本富士署でなくても可能ですよ」

情報漏洩に科捜研の小泉が関係していることは敢えて口にしなかった。黒木に告げたところで、小泉を氏家や警察に突き出すとはとても思えない。

「ふん、犯人の絞り込みか。それも特定と分析のうちか」

「とにかくコピーは僕が持っています。それでも警察のデータベースと照合させる気は起きませんか」

「起きない」

そうこうするうちに桜新町駅が見えてきた。

「とにかく俺や科捜研の力を借りようなんて虫のいい考えは放棄しろ」

その言葉を捨て台詞に、黒木は駅の改札口へと去っていく。

わずかな落胆とともに大きな安堵感がある。やはり黒木は黒木だ。こちらがどんな態度に出てもぶれることがない。頑なで忠誠心が強く、個人よりは組織を、理よりは情を重んじる男。何から何まで氏家とは正反対の性格で、だからこそ切磋琢磨の相手として申し分なかった。

だがいくら好敵手でも相容れない部分がある。

真実を追求するためには分析と検討を繰り返すこと。

決して見込みや思い込みだけで判断せず、常に自分の見識と常識を疑うこと。

今回に限り、黒木および科捜研の面々は無謬性の虜《とりこ》になっている。最初に那智貴彦という犯人ありきで思考が停滞している。新たな反証材料があっても見て見ぬふりをしようとしている。

とにかく、これで吉田への義理は果たした。

氏家は踵を返し、黒木とは正反対の方向へ歩き出す。持参したカバンの中を覗き込み、ちゃんと三次元スキャナーが用意してあるのを確認する。

4

鑑定センターに顔を出すと、翔子をはじめ職員全員が氏家を待ち構えていた。まるで団体交渉でもするかのように整列しているので、思わず身構えてしまう。

「これはどういうことかな。ひょっとして賃上げ要求とかで、僕は吊るし上げを食らうんだろうか」

笑いを取りにいったが、翔子の思い詰めた表情を目の当たりにして取り消した。

「どうやら別の要求らしい」

「鑑定センターに押し入った犯人と橘奈さんを襲った犯人は同一人物です」

飯沼が進み出て言う。

「橘奈さんが襲われた現場で下足痕を採取しました」

「靴底のパターンが一致したのかい」

「パターンは別物です。でも、足跡の長さと歩幅を分析すると同程度の身長と体重であるのが判明しました」

仕事の早さに我が職員ながら感心した。

翔子の襲撃された事件について、本富士署の初動捜査に積極さは見られなかった。業を煮やした氏家は鑑定センターが事務所荒らしに遭った時と同様、飯沼たちに現場での採取を命じていたのだ。

「身長と体重が同程度というだけで同一人物と判断するのは早計に過ぎると思うけど」

「摩耗の状況で同じ歩き癖の人物であるのも判明しています。身長と体重の一致だけなら単なる絞り込みですけど、歩き癖まで一緒となれば同一犯と疑わざるを得ません」

「うん、僕も同じ意見だ」

氏家の返答で、飯沼の緊張がいくぶん和らいだようだった。

「犯人を特定する場合には有力な手掛かりになるだろう。それにしても、このスクラムには何の意味があるんだい」

「科捜研に抗議の上、研究員全員の靴を調べさせてください」

翔子の口から要求が出された。

「抗議の内容は」

「わたしは小泉くんに鑑定センターの間取りを話しています。採取されたDNAサンプルが冷蔵収納庫に収められることもです。センターに侵入した犯人は皆の机の上や抽斗《ひきだし》には目もくれず、真っ直ぐ検査室に向かっています」

続いて相倉が言葉を継ぐ。

「センターには科捜研の等々力管理官も来ています。科捜研にはセンターの間取りもサンプルの収納場所も筒抜けと考えた方が妥当と思われます」

「それで」

「センターに侵入した犯人は無線の防犯カメラを無効化させ、最新の防犯ドアの仕組みを外観だけで見破った上で易々と突破しています。この二つの事実は犯人が防犯システムに通暁しており、犯罪者というよりも取り締まり分析する側の関係者である可能性が高いことを示唆しています」

相倉の推理を聞きながら氏家は頼もしく、また面映《おもは》ゆく思う。彼の論理展開は自分が思考したものとほぼ同一だ。ここにいるほとんどの職員が以前は科捜研の研究員だったから、防犯知識とそれを破るノウハウが科捜研に蓄積されているのを知悉している。氏家が辿ったのと同じ筋道で結論に至るのも当然といえる。

かつての同僚だからという理由で嫌疑を外さない点も評価できる。科捜研に残っている研究員たちの性格や倫理観という情実よりも論理を優先している。

ただし物足りない部分もある。

「相倉くんの言いたいことは理解した。他の人も賛同しているという解釈でいいのかな」

翔子や飯沼、そして他の職員がめいめい頷いてみせる。

「犯人は科捜研の関係者だ。だから全員の足跡と照合させろ。うん、論理的には正しい。しかし実際にそう申し立てて、科捜研ならびに警視庁がうんと言うかとなると、まず悲観的だろうね。身内に累が及ぶとなれば彼らは一丸となって、全力で阻止しようとするだろう。いち民間の鑑定センターの申し出なんて歯牙にもかけない」

「それじゃあ泣き寝入りです」

相倉はまだ引こうとしない。

「センターの中が荒らされるのは許されないことです。サンプルが奪われて真実が闇に葬られるのも問題です。でも一番許せないのは、橘奈さんが暴力に見舞われたことです」

他の職員も当然だというように頷いてみせる。翔子は吊った左肩に手を添えている。やはり中学生のクラスを受け持ったような気分だったが、彼らの決意は清々しかった。

同僚女子が傷つけられて憤慨するさまは、まさしく血気盛んな中学生男子そのものだ。

「同僚の女性がこんな目に遭わされたというのに、ただ指を咥えて見ている訳にはいきません」

「うん、その気持ちも僕と一緒だ。橘奈くんに成り代わって礼を言う。同僚のことをそこまで思ってくれて、所長として嬉しい」

「それなら科捜研の所長か等々力管理官に掛け合って話をつけてください。このままじゃあ橘奈さんも安心して作業ができません」

「それほど心配してないよ」

やっと口を開いた翔子の第一声がそれだった。

「少なくとも皆と一緒にいれば身の安全は保障されるし、あの疫病神には二度と近づくなと宣言してやったし」

哀れ小泉は三行半を叩きつけられたか。翔子が襲われた遠因が彼からの情報漏洩なら、至極当然の成り行きだろう。

『勘弁してください』

『俺は組織の一員です。あそこでないと生きていけない人間です』

『あんたに弱い者の気持ちなんて絶対に分からない』

質問から逃げる際、小泉は許しを乞うように叫んだ。言葉のニュアンスから、彼が情報元であり、提供先は組織かその中の誰かということになる。

「俺、個人的には小泉を締め上げてやりたいんです」

飯沼が声を上げる。

「橘奈さんからセンターの間取りを訊き出したのが小泉だってのは、みんなが知っています。だったら事務所荒らしも襲撃も小泉かその仲間が犯人ってことでしょ」

飯沼と小泉を対峙させれば間違いなく一方的な殴り合いになるだろう。飯沼もそれを知っているから敢えて好戦的な態度に出ている。

「いや、飯沼くんだけに任せるつもりはない」

「そうだ、元々あいつの取り澄ました態度は鼻についていたんだ」

「翔子ちゃんが襲われて頭にきてんの、お前たちだけじゃないんだぜ」

「所長の根回しが難しいというんなら、今からわたしたちが科捜研に乗り込んでもいいですよ」

職員たちが口々に喋り出す。

やれやれ、こんなところまで中学生か。

微笑ましいと思ったものの、感情的になった彼らを放っておくこともできない。氏家は咳払いを一つして皆の注目を集める。

「仲間を思う気持ちは嬉しいけど、感情任せにすると君たちが嫌っている相手と同じ土俵に上がることになる。それでもいいのか。僕は嫌だからね」

職員たちは理解不能といった顔でこちらを見た。

「無法や暴力を行使しようとした時点で、事務所を荒らしたり橘奈さんを襲ったりした犯人と同じレベルに堕してしまうという意味だよ。我々が相手にしている組織あるいは人物は、どうにもならなくなると実力行使に出る傾向にある。だからといってこちらも同様に暴力や権力にものを言わせ始めたら本末転倒だ。暴力や権力は真実を覆う。いや、真実を覆うために暴力と権力が行使されるというのが実際だろうね。君たちはそんな輩《やから》の真似がしたいのかい」

相倉は口を噤《つぐ》み、飯沼はきまり悪そうに他の職員の顔を見る。

「事務所荒らしの際も橘奈さんが襲われた際も、まず残留物の採取をさせたのは君たちの技術で真実を追求してほしいからだ。忖度にも圧力にも情理にも負けないのは真実だけだ。邪《よこしま》な力に勝てるのは真実だけだ。君たちには、その真実を暴き出す知識と技術がある。だったら、それこそが君たちの武器だ。腕っぷしや肩書に頼る必要はどこにもない」

喋りながら、氏家は自分に向けて語っているのだと確信する。等々力管理官も小泉も、そして黒木も科捜研という組織に取り込まれて真実を見ようとする目が曇ってしまったのかもしれない。自分は彼らの姿を目の当たりにして、同じ轍は踏むまいと足掻いているに相違なかった。

「言葉を返すようだけど僕だって指を咥えて見ているだけじゃない。いずれ犯人を特定できる試料を携えてくる。それまでは血気に逸《はや》らず、与えられた仕事を忠実にこなすこと。はい、解散」

氏家がぽんぽんと手を叩くと、職員たちは自分の持ち場に戻っていく。ただ、翔子一人がその場に立ち尽くしていた。

「ちょっと居たたまれないな」

「どうしてですか」

「昔観た『中学生日記』を思い出した」

「何ですか、それ」

翔子の歳では知らなくて当然か。

「あの、わたしが皆を焚《た》きつけたんじゃないんです。この肩を見た何人かが急に憤慨して」

「ああ、そうだろうね。まるで目に見えるようだ」

「ご迷惑をおかけしました」

「迷惑だとは微塵も思っていないけど、お願いが一つだけある」

「何でも聞きます」

「今の演説、可及的速やかに忘れて。思い出したら、とんでもなく恥ずかしくなってきた」

「どうして。わたし、結構感動したのに」

「だから恥ずかしいんだってば。ああ、今から検査室使うからね」

氏家は検査室に入りドアを後ろ手に閉める。カバンの中から丁寧に三次元スキャナーを取り出し、記録したデータをパソコンに取り込む。

やがて画面に映し出されたのは複数の下足痕だった。桜新町駅で黒木の背中を見送った後、元来た道を引き返して黒木宅付近で採取したのだ。

三次元スキャナーの原理は航空写真を解析して地図を作成する画像工学システムの応用だ。交差法で撮影した下足痕を3D解析すれば、目には見えないような足跡もデータを増幅させることで鮮明な画像を得られる。

比較対照する下足痕は三つだ。
(A) センターで得られた侵入犯の下足痕。
(B) 翔子の襲撃された現場で採取した下足痕。
(C) 黒木宅付近で採取してきた下足痕。
このうち(A)と(B)については職員たちの分析でほぼ同一人のものと結論が出ている。問題は(C)だ。これも同一人のものの確率が高ければ、犯人は自ずと明らかになる。

黒木宅付近で採取した下足痕は紛うことなく黒木のものだった。無論、靴底のパターンは異なるが、分析する箇所は歩幅と深さと歩き癖だ。どんな靴に履き替えようが、使用者固有の歩幅と歩き癖はそうそう変えられるものではない。また意識していても、いつの間にか普段の癖に戻ってしまう。

黒木の家を訪れたのは吉田の依頼を伝えるためでもあったが、実は本人の下足痕を採取するのが主目的だった。

氏家が黒木を疑い始めたのは事務所が荒らされた直後だった。防犯カメラの無線ジャックとサムターンの破壊。この二つはいずれも科捜研の研究員なら可能な仕事だが、氏家の知り得る限り一番手際よく遂行しそうな者が黒木だった。

自ら黒木の下足痕を採取したにも拘わらず、氏家は一致してほしくないと思っている。自分の勘が外れてくれればと願っている。

那智事件で証拠物件の分析を指揮し、捜査資料として纏めたのは黒木だ。従って分析結果に誤謬や遺漏が発見された場合、その責は黒木に帰することになる。第三の殺人が那智の仕業ではなく、安達香里の腹部に付着した体液が第三者のものであると判明すれば黒木の立つ瀬はなくなってしまう。

まさか保身のために黒木ともあろう者が事務所荒らしをしたり翔子から力ずくでサンプル分析を奪ったりするとも思えなかったが、可能性は厳然としてある。到底信じられない可能性であっても分析せずに放置すれば、それこそ科捜研を笑えない。

たった一人の検査室で氏家の分析作業が続く。三種の下足痕の比較。歩き癖から考えられる人物の特徴。推測される身長と体重が黒木のそれと合致するかどうか。

分析は一時間以上に及んだ。

同じ靴での比較対照なので、あくまで確率でしか結論は出せない。

だが氏家は渋々ながら確信した。（A）も（B）も（C）も同一人のものだ。鑑定センターに押し入ったのも翔子を襲ったのも黒木である可能性が極めて高い。コンピュータによる分析結果も72パーセントと高い確率を示している。

冗談じゃないぞ。

画面に表示されたパーセンテージを眺めて、氏家は唇を噛む。およそ信じたくない数値だが、数字が嘘を吐かないのは氏家自身が身に沁みて知っている。

もちろん72パーセントの数値だけで黒木を二つの事件の実行犯として訴えることは叶わない。身長・体重と歩き癖の相似だけでは検察官も裁判官も納得させられないだろう。

いや、それ以前に氏家自身が納得できない。思いつく動機は保身だが、そこまで黒木が堕落したとは思えない。仮に黒木が犯行に及んだとしても動機は保身ではない。もっと切実なものであるはずだった。

こめかみの辺りが小さな痛みを訴えたのでパソコンから離れ、濃いめのコーヒーに口をつけた。

まるで見計らったように懐のスマートフォンが着信を告げた。相手は予想通り吉田だった。

「氏家です」

『吉田だ。今、いいかね。先日話した、科捜研に協力を仰ぐ件はどうなったかな』

「先ほど科捜研の副主幹に申し出ました。駄目ですね。けんもほろろでした」

『そうか』

吉田はいかにも残念そうだった。

『科捜研とのパイプは金属疲労を起こしていたか』

「金属疲労ではなく、元々至るところが欠損していました。お役に立てず申し訳ありません」

『いや、こちらも親しい警察官に相談を持ち掛けてみたが、やんわりと拒絶された。やはり別の署が担当している事件に介入するのは荷が重いらしい』

不意にもう一人の氏家が囁《ささや》いた。

事務所荒らしと翔子を襲撃した犯人は、その副主幹である可能性が高い——そう告げたら、いったい吉田はどんな反応を示すだろうか。

しかし喉まで出かかった言葉は、胸の辺りで止まった。

『初公判の期日が近づいてきた。このまま安達香里殺害の犯人が那智でないと反証できなければ、公判は不利でしかない』

「吉田先生。公判が始まっても新証拠を提出するのは可能でしょう」

『もちろんだ。検察側や裁判所はいい顔はしないが、事実認定に大きく関わるとなれば渋々ながら承知せざるを得ないだろう。まさか、何か妙案でもあるのかね』

「確たる心当たりがある訳ではありません。しかし安達香里の殺人犯が那智でない以上、必ず真犯人の残した証拠があるはずです。限られた日数ですが、まだわたしは諦めていません」

『……所長が諦めていないのなら、弁護人のわたしが諦める訳にはいかんな。承知した』

通話を終えてから、氏家は飲みかけていたコーヒーをひと口啜った。

中身はすっかり冷めていた。

四　正義と非正義

1

　六月十日、吉田は東京地裁で第二回公判前整理手続に臨んでいた。第一回の時と同様、部屋には増田判事と谷端が座っている。

　今回は弁護側から予定主張記載書を提出することになっている。昨日、氏家からサンプル分析を預かったところだからちょうどいいタイミングと言えた。

「今更、何のサンプル分析ですか」

　吉田が到着した時から仏頂面をしていた谷端は、鼻を鳴らして予定主張記載書を手に取る。

「従来被告人は、三人目の被害者安達香里の殺害は自分の犯行ではないと供述していました。その裏づけとなるサンプル分析です」

一方、同じく記載書に目を通していた増田はひどく興味深げだった。

「浦和医大の光崎教授と千葉医大の池田教授のお二人から直接試料を入手しましたか。科捜研の鑑定結果通知書には全量消費したとあったので、新たな分析は不可能だと思っていたんですが」

「わたしの依頼した民間の鑑定センターが尽力してくれました」

「しかし、この分析結果が正しいとなると、検察側の主張と真っ向から対立することになる」

吉田は増田の言葉を嚙み締めるように頷く。

「ええ、その通りです。従って弁護人は刑事訴訟法316条の17に基づき、証拠調べ請求をしたいと考えています」

「双方の鑑定結果が異なるので弁護人の主張はもっともです。本件が裁判員裁判であるのを鑑みても妥当でしょう」

吉田は自然に頷いてしまうのを止められない。公判で裁判員たちに疑義を植え付けることができれば、検察側有利の現状を覆す勝機も見えてくる。

「しかし弁護人。証拠調べ請求は当然としても、体液サンプルが存在しなければお互いのサンプル分析について正当性を争うことになります。そこで検察官に確認したいのですが、本当に試料は全量消費してしまったのですか」

「残念ながら」

谷端はいささかも残念そうな顔をせずに返事をする。吉田の目にはむしろ勝ち誇っているようにすら見える。

「科捜研の鑑定結果通知書は信用の置けるものです。それは数々の公判を経た増田判事もご承知でしょう。科捜研が全量消費と報告しているのであれば、それを疑う余地はどこにもありません」

ぬるりとした言い回しだが断定口調には違いない。当たりは柔らかなのに一切譲歩しそうにないのは谷端の身上だ。

ところが珍しく増田が畳みかけてきた。

「しかしね、検察官。光崎教授も池田教授も法医学の世界ではともに名を知られた先生だ。実際、二人の手になる解剖報告書はわたし自身が何度も目にしている。その二人が保管していた試料も十二分に信用が置けるのではありませんか」

「斯界における両教授の評判も実績も承知しています。ただ厳重に保管されていた試料であっても、分析したのはいち民間の鑑定センターです。設備も人員も豊富な科捜研とは比較になりませんよ」

もしわずかでも試料が残存していれば、弁護側と検察側でそれぞれ再鑑定した上で比較検討する余地もある。今のままでは泥仕合も懸念されるので、増田の渋面は至極当然だった。

重大事件かそうでないかに限らず、地方裁判所は処理すべき案件が山積している。那智事件のように耳目を集める案件でも徒《いたずら》に人員と時間を割くことはできない。殊に裁判員裁判の場合は一般人である裁判員を長期間拘束する結果となり、延《ひ》いては市民からの反発を招く。市民感覚を反映させるとの触れ込みで導入した制度を、市民からの忌避や嫌悪で形骸化させる訳にはいかないだろう。

「双方の分析結果について正当性を争うことになれば証人尋問も考えられますが、双方とも証人申請しますか」

「します」

「弁護人も証人申請します」

「それではお二方とも証拠申出書を提出してください」

刑事訴訟法で定められているとはいえ、これで氏家を法廷に呼び出すことは確定的となった。今までも何度も要請されて証言台に立ったから今更拒絶はしないだろうが、それでも鑑定作業以外で氏家に骨を折らせることには抵抗を覚える。

「それにしても検察官」

増田は事務的な口調から普段のそれに変わる。

「万が一那智の供述通り、三番目の殺人が彼の犯行でないとすると犯人は別に存在していることになる。那智の裁判が世間の耳目を集める一方で、別の新たな不安が生じる。一人の女性を殺害しその子宮を奪い去った殺人者が、今も何食わぬ顔で市民社会に紛れ込んでいる」

　ここに至って増田が不安を表明したのは、前回までは極刑逃れの悪足掻《わるあが》きとしか思えなかった供述が俄に現実味を帯びてきたからだろう。

「杞憂《きゆう》ですよ」

　谷端は軽く首を振って否定した。

「第三の事件は警視庁と千葉県警の合同捜査でした。捜査本部には双方から大勢の捜査員が動員されたと聞いています。誤認逮捕は有り得ませんよ」

　しかし増田には納得しない様子がありありと窺えた。当然だろう。合同捜査をしても誤認逮捕の可能性は常に有り得る。捜査員の数ではなく精緻な初動捜査こそが誤認逮捕を防げる。

　谷端が警察の捜査力を微塵も疑っていないようなので、吉田はつい挑発したくなった。

「しかしここ数年、実際に誤認逮捕は発生していますよ。捜査員をどれだけ投入しようと、起こるものは起こります」

　谷端はじろりとこちらを睨《ね》め回す。元は検察官だったお前が言うなという目をしている。

「確かにそういうことはありますね。しかしこの国の裁判の有罪率は依然として99・9パーセントを維持している。その数値は日本警察の優秀さを表しています。判事、慎重でいらっしゃるのは結構ですが、もう少し彼らを信用してもいいのではありませんか」

「日本警察が優秀であるのは否定しませんが、100パーセントでない限り胡坐《あぐら》をかく訳にはいかないでしょう」

吉田は反論を続ける。

過去の経緯はともかく、今の谷端は無謬性の虜になっている。99・9パーセントという数値は完璧に近いが、それゆえに異常であることに気づいていないか気づいていないふりをしている。

有罪率99・9パーセントとは、つまり公判を維持できそうにない案件は起訴を見送り、起訴したからには何が何でも有罪にしてしまう現状を意味する。その中には冤罪が含まれている可能性もあるが、警察や検察は検挙率と有罪率ばかりに目を向けている。数値の高さが市民の安心をもたらすと信じて疑わない。

だが果たしてそうだろうかと、弁護人になった吉田は考える。自分がなすべきは完璧に近い数値に隠された傲慢と無謀に異議申し立てをすることではないのか。

「警視庁の捜査員も千葉県警の捜査員も人間の集団である限り間違いを犯します。僭《せん》越《えつ》ですが、それを念頭に置いて審理すべきと存じます」

「本当に僭越ですね。疑わしきは罰せずの原則くらい、判事には釈迦に説法ですよ」

当の増田は面映ゆいのか、谷端を軽く睨んでいた。

「いずれにしろ公判前も公判中も遺漏なき手続きをお願いします。このままなら次回で整理手続も終わるでしょう」

するとと初公判は八月上旬といったところか。

「次回、七月二十五日を第三回公判前整理手続としますので、よろしく」


部屋を出ると、谷端はこちらも見ずに喋り出した。

「さっきのは、どういうつもりだ」

「さっきとは」

「有罪率が100パーセントではないのを理由に捜査員たちに十全の信頼を置けないという言説だ」

「彼らも人間だから過ちを犯す。それはむしろ当然じゃないか」

「あなたが個人的に何を思おうが勝手だが、事件の担当検事と判事を前にして言うことではないだろう。法廷で口走ったら、下手すれば法廷侮辱罪になりかねない」

「捜査員は完全ではないと言っただけだ。何も法廷の規則や権威を蔑《ないがし》ろにした訳じゃない」

「法廷に提出される証拠は全てその捜査員たちが掻き集めてきたものだ。捜査員の能力を論うのは、法廷の権威を論うのと同義だ」

谷端の言葉を聞くと、過去の自分を見せつけられているように思える。

検察官時代、吉田も法廷の正義と権威主義をワンセットで考えていた。正義を遂行するには権力が必要であり、法の秩序が市民に安寧をもたらすのだと信じていた。法廷に裁判官が現れると皆が起立して迎えるのは、その象徴だと思っていた。

だがひと度立場を変え、弁護人の目で刑事裁判を眺めると法廷の風景は一変した。正義を遂行するはずの権力が真実を覆い隠し、市民に安寧をもたらすはずの秩序が一部の声なき者を圧殺している。

「あなたを見ていると昔の自分を思い出す」

「虫唾が走るような言い方はやめていただきたい」

「検察官や裁判官はその存在自体が権力だ。だからつい、自分の言動は常に正しいと思いがちになる。自分が正しいと思っていることに何の疑念も抱かない」

「疑念を抱いた時点で正義ではなくなるからでしょう。今更、あなたの口からそんな青臭い話を聞かされるとは思ってもみなかったな」

「那智の事件はその最たるものだ。大衆の那智憎しに警察と検察が迎合し、彼を処刑台に送らなければ秩序が保てないと大合唱している」

「ヤメ検でも、あなたは人権派を標榜《ひょうぼう》していなかったんじゃないですか」

谷端が見下しているのは吉田に対してなのか、それとも人権派弁護士になのか。いずれにしても鼻持ちならない。

「人権派も何も、己の正義感を満足させる前に職業倫理の問題でしょう」

「子どもの理屈だな。退官を機に少しは世知を積むとばかり思っていたが」

その言葉をそっくり返してやりたいと思った。捜査担当だった頃、論告求刑書面の懲役年数を空欄のまま渡した時よりも稚拙になっている。

「成長していないのはお互い様かもしれませんね」

「どういう意味かな」

「抱える案件が多いと、つい細部まで目がいかなくなる。世間の耳目を集める事件を任されると、妙なところに力が入って脇が甘くなる」

「世知を積んでいないだけじゃなく、嫌みまで言うようになりましたか。最低だな」

「当てこすりばかりしていても仕方がない。実際、検事は先ほど提示したサンプル分析について、どう思いますか。まさか本気で氏家鑑定センターが出してきた分析結果を眉唾ものだと信じているんですか」

谷端が嫌そうな顔で口を噤む。どうやら彼の痛いところを衝いたらしい。

「さっき検事は日本警察と捜査員の優秀さを称えていましたが、その捜査員の中には科捜研も含まれているのでしょう」

「当然だ。彼らの分析能力を信用しなかったら、おちおち起訴もできんでしょう」

「氏家所長もスタッフも以前は科捜研で辣腕を振るっていた人間です。あなたの言葉には矛盾がある。氏家鑑定センターの分析能力を論わなければならない特段の理由でもあるんですか」

「個人的な能力はともかく、人員と設備の絶対的な差は如何ともし難いでしょう」

「それも事実誤認か誘導ですよ。氏家鑑定センターは所長の個人資産が潤沢であるのも手伝って、各種検査機器は最新のものが揃っている。所長の言葉を借りれば、少数精鋭で臨んでいるし業務過多にならないように調整している。その伝でいけば、人員と設備の絶対的な差は氏家鑑定センターの方に分がある」

「弁護士は人を信じるところから始まる。検察官は疑うところから始まる。協力者だからといって無闇に信用していたらしっぺ返しを食らう」

いちいち反論しているように聞こえるが、実際は回答をはぐらかしているだけだ。

不意に吉田は確信する。谷端は氏家鑑定センターの分析結果を無視できないのを知っている。だが自身でそれを認めたくないばかりに、的外れの寸評を重ねているだけなのだ。

吉田は覗き込むようにして谷端を見る。同僚だった時分はすれ違い、欠点ばかりが目立ったが、司法の正義を貫くという一点は共有していた相手だ。その人間が今、ひどく惑っているように見えた。

「ずいぶんと失礼だな。わたしの顔に何かついているのか」

「自分でもまずいと思っていませんか。稀代の連続殺人鬼を逮捕したはいいが、一つは誤認だったかもしれない。だが公判を控えて今更再捜査に転換するのは検察の沽券《こけん》にかかわる。警察と検察に対して喝采を送った市民も、それを知った途端に手の平を返して非難を浴びせるかもしれない。その際に矢面に立たされるのは公判を担当するあなただ。だから不安を感じても、感じていないふりをしている」

「見当違いも大概にしておきなさい」

谷端は言下に否定した。

「賢《さか》しらに人の心根を見透かした気になっているのなら警告しておく。心理分析官でもない癖に軽々に他人を決めつけないことだ。ヤメ検に堕ちてすっかり忘れたようだから思い出させてあげましょう。信じるよりは疑うことだ。その方が間違いはずっと少ない」

言い捨てると、谷端は歩みを早めて廊下の向こうへ立ち去っていく。吉田を拒絶する素振りは相変わらずだったものの、背中からは強情さよりも脆さが感じられた。己の観察眼が正しければ束の間の優越感に浸れる。しかし一方で外れてほしい気持ちもある。

どちらが本心なのか、我がことながら判然としなかった。

その時、ジャケットのポケットから着信音が鳴った。発信者は氏家だった。

「はい、吉田です」

『氏家です。二回目の公判前整理手続はいかがでしたか』

氏家には期日を知らせている。おそらく経緯が気になって電話をしてきたのだろう。

『ウチが出したサンプル分析、検察官と裁判官はどう評価しましたか』

わざわざ電話をくれたのだから誤魔化すつもりは毛頭ない。吉田はフロアの隅に移動して、合議の内容を詳《つまび》らかに説明する。

増田は鑑定センターのサンプル分析を全面的には信用しなかった。谷端に至っては人為的なミスにさえ言及した――吉田がありのままに告げると、氏家は電話の向こう側で鼻を鳴らした。失意というよりは、予想通りに事が運んだという安堵のように聞こえた。

「所長には織り込み済みだったのか」

『科捜研の鑑定報告書を信じて起訴した人間が、そうそう相手側の反論を受け容れるはずもないでしょうからね』

「意外にペシミストなんだな」

『リアリストと言ってください。検察側の提示した物的証拠に反証を行ったのも、これが初めてじゃありません』

「まるでけんもほろろに扱われた」

『大抵そうなります。でも裁判官や裁判員が違う目で評価してくれるのなら、気にする必要はありません』

「所長のように割り切れたら楽だろうな。ヤメ検としては、かつての自分の傲慢さを見せつけられるようで正直居たたまれなかった」

『居たたまれなかったのは、先生が検察官としても真っ当だった証拠ですよ。大抵の人間は昔の自分にダメ出しなんてできやしません』

氏家の言葉が、かさついた心にじわりと沁みていく。自覚していなかったが、欲していた言葉はこれだったのだと気づく。

吉田が氏家鑑定センターと懇意にしているのは、所長をはじめとしたスタッフの優秀さもさることながら人としての氏家を気に入っているからだ。知識も技術も抜きん出ているのにそれをおくびにも出さず、相手の短所よりは長所に目を向けようとする。吉田が検察官だった時代にはついぞ出会わなかったタイプだったので余計に新鮮だった。

氏家と話していると、不意に自分が年上であるのを忘れそうになる。それだけ氏家が老成しているのか、あるいは自分が未熟であるせいなのか。

「この流れでいけば公判前整理手続は次回で終了する。そうなれば八月上旬にでも初公判になるだろう」

『二カ月後ですか』

「二カ月なんてあっという間だよ」

お互い那智事件以外にも複数の案件を抱えている。同時進行で仕事をしていれば光陰矢の如しだ。

「気になるのは、やはり安達香里の事件だ。千葉医大で司法解剖された時点では、被害者の皮膚に付着していたのは那智以外の人物の体液だった。確かにそうなんだな」

『はい』

「実はこんなことを考えてみた。一方で科捜研の鑑定結果も正しく、彼らが試料としたのはれっきとした那智貴彦の体液だったという可能性だ」

『試料がどこかで入れ替わっていたという解釈ですね』

「そうだ。それなら科捜研の鑑定結果通知書と氏家鑑定センターの鑑定結果に相違があることも説明がつく」

しばらく沈黙が流れた。

『……その場合、試料が入れ替わったのは千葉医大から科捜研へサンプルが移されたタイミングと考えるのが妥当ですね』

「科捜研に移したのは捜査本部の誰かだろう」

第三の事件は警視庁と千葉県警の合同捜査だった。従って試料を移した当事者はその中にいる。

彼らに当時の話を聞ければいいのだが、問題は吉田の立場だった。被告人那智貴彦の一部冤罪を晴らすために協力を要請しても、捜査本部が応諾してくれる可能性は皆無に等しい。公判担当の谷端さえがあの調子だ。実際に現場で証拠や情報を掻き集めた警察官は尚更拒否反応を示すに違いなかった。

『僕が行きましょうか』

考え事の最中に向こうから話し掛けてきた。

「何だって」

『安達香里の事件を担当した彼らに当たるのが、一番手っ取り早いでしょう。ところが弁護人である吉田先生が出向いても門前払いを食うのがオチです』

「弁護側という点では所長も同じだろう」

『千葉県警に知り合いはいますか』

「いいや」

『これでも吉田先生よりはコネがあるんです。確率の高い方に賭けてみませんか』

捜査本部の面々にどう申し出ようか考えあぐねていたので、まさに渡りに船だった。本来、捜査状況の聴取など鑑定センターに依頼する内容でないのは百も承知している。しかし今は藁《わら》にもすがりたい気分だった。

「……申し訳ないが、お願いする」

『仕事の一部だと思っています。お気になさらずに』

そこで電話は切れた。

2

翌々日、氏家は愛車のトヨタ86を駆って千葉県警へと赴いた。社用車のワンボックスカーを使わなかったのは、鑑定センターのロゴが記された車体を県警本部の駐車場に停めた時、不要な詮索を逃れるためだった。

一階受付で氏名を名乗り、事件の捜査担当者を呼んでもらう。一応アポイントは取っていたので、すぐ待合所に誘導された。

検察側から提出された捜査資料の中に担当者の名前があった。特に安達香里の事件を担当した警察官の名前は旧知のものだったから、殊更記憶に残った。吉田に匂わせたコネというのも、実はそれに由来している。

しばらく待っているとエレベーターホールから目的の人物が現れた。

「よお、氏家さん」

「ご無沙汰しています、高頭《たかとう》警部」

相手は近づくと、長椅子に座っていた氏家を睥睨《へいげい》するように見下ろした。本人にその気がなくとも、一八〇センチの位置から見下ろされると相応の威圧感がある。それが女性でも同様だ。

高頭冴子《さえこ》。千葉県警刑事部捜査一課課長補佐、階級は警部。高身長に加え、美人顔だが化粧っ気なし。不敵な面構えと服の上からでも分かる無駄のない体格で見る者を圧倒する。実際、男勝りの性格と暴力団員相手に単身大立ち回りを演じた逸話で〈県警のアマゾネス〉なる綽名《あだな》を献上されている。

「別室に移ろうか。どうせ他の連中には聞かれたくない用件だろう」

冴子はそう言って、氏家を別室へと連れていく。

「ご迷惑をお掛けします」

「最初に迷惑を掛ける宣言か。相変わらずいい度胸しているね」

「いい度胸していないと、県警本部に乗り込めませんよ。何せウチは千葉県警の科捜研からも目の敵にされていますからね」

「それは時々わたしが氏家さんに鑑定を依頼するからだろ。あんたのせいじゃない」

冴子は大笑いすると氏家の背中を力任せにどやしつける。氏家は一瞬、息が止まった。

初めて鑑定センターで顔を合わせた時、既に冴子は帰属意識が皆無に近い女だった。現場に残存していた物的証拠を分析したいが、県警の科捜研だけでは心許ないので氏家にも引き受けてほしいと言う。

県警の課長補佐が民間の鑑定センターに分析を依頼するなど異例中の異例だ。まさか最初から根掘り葉掘り事情を訊く訳にもいかず、付き合いを経るうちに内情が知れた。以前、千葉県警組対（組織犯罪対策部）の巡査部長が殺害され、その一件で冴子は県警本部そのものと対立したとのことだった。なるほど、自身の所属していた組織が一転敵に回る事態を目の当たりにすれば、帰属意識が希薄になるのも当然の帰結だろう。

「誇れるほどの防音設備じゃないが、この部屋ならダダ洩れはしない」

冴子に連れられてきたのはフロアの端にある応接室だった。絵一つない殺風景な部屋だが、逆に言えば盗聴器の類いを仕掛け難い。密談にはお誂《あつら》え向きの部屋だ。

「高頭さん。今年の一月に起きた安達香里の事件を憶えていらっしゃいますか」

「忘れるものか。那智貴彦の事件だろ」

那智の名前を口にすると、冴子は不味いものを舌に載せたような顔をした。

「殺した後に子宮を盗っていくような野郎、そうそう忘れないぞ。確か、そろそろ初公判が始まるんじゃなかったのか」

「弁護人の話では八月上旬になりそうですね」

「弁護人だと。じゃあ氏家さん、那智の弁護側に立っているのかい」

「捜査担当者は高頭さんで間違いないんですよね」

「半分当たりで半分外れだ」

冴子はいよいよ渋面になる。

「市川市河原の河川敷で安達香里の死体が発見され、通報を受けてウチの班が臨場した。出血の量からただの殺しとは思えなかったが、検視で子宮がすっぽり抜かれているのが判明すると、その日のうちに警視庁との合同捜査になった」

「不満そうな口ぶりですね」

「合同捜査と言いながら、実質主導権を握ったのは先に事件を追っていた警視庁だったからな。ウチの班の大部分は地取りと鑑取りに回されて、いつの間にか情報も碌に下りてこなくなった。二月十日に那智貴彦が逮捕され、現場に残された体液と本人の

ＤＮＡ型が一致。手柄は全て警視庁捜査一課のものになって、わたしたちはお役御免。で、そちらの用件は何さ」

「那智が安達香里の事件についてだけは否認しているのをご存じですか」

「ああ、聞いている。他の二件については認めているのに安達香里の事件だけを否認している。とんだ悪足掻きだ」

「悪足掻きでなかったとしたら、どうですか」

「何だって」

「少なくとも弁護人とわたしはその方向で証拠集めをしています」

途端に冴子は顔色を変えた。

「移動するぞ」

言うが早いか席を立ち、部屋を出る。氏家はただその後に従うしかない。

冴子が向かったのは何と駐車場だった。すぐに氏家のクルマを見つけ、有無を言わせずドアを開けさせる。

「相変わらず狭いクルマに乗っているな」

助手席に座った大柄の冴子はさも窮屈そうに文句を垂れる。

「普段、助手席に乗せてる女のサイズが見当つく」

「彼女なんていませんよ」

「どうせならワンボックスで乗りつけてくれた方が有難かったな。まあいい。話の続きだ」

「さっきの部屋もダダ洩れはしないんじゃないですか」

「どうやらちらとでも洩れちゃまずい内容みたいだったから、念には念を入れる。あんたと同様、わたしも県警内部に敵が多い身の上だからな。さて改めて聞こうか。安達香里の事件は那智の犯行じゃないって」

「千葉医大と浦和医大の法医学教室から予備の試料をお借りして鑑定センターで分析をしたんです」

次いでセンターへの侵入と職員への襲撃によって、借り受けた試料とサンプル分析を奪われた事実を告げる。話を聞いていた冴子の顔が一層険しくなった。

「氏家さんの読みでは、科捜研の関係者が怪しいという線か」

「ドアの突破と防犯カメラの無力化を考えると、そういう推論にならざるを得ません」

「試料の取り扱いに疑惑が生じているのなら、技術的にはともかく安達香里の事件を担当した捜査員も容疑者リストに上がるんじゃないのか」

冴子は氏家を横目で睨む。

「その中には当然わたしも含まれる。いいのか、容疑者の一人にそんな話を打ち明けて」

「技術的云々の点で、高頭さんは真っ先にリストから除外されますよ。電子ロックのドアは力任せに破れたとしても、防犯カメラを無力化するスキルはお持ちじゃないでしょう」

「……それはそれで禁句のような気もするが」

「冗談ですよ。センターに残っていた足跡で犯人の身長や歩き癖は特定されています。高頭さんはその背の高さで除外です」

「わたしから何を聞きたい」

「河川敷で安達香里の死体が発見され、千葉医大に搬送されて司法解剖に付される。採取されたサンプルと分析結果は捜査本部を通じて科捜研に渡される。証拠の改竄《かいざん》があったとすれば、それがどの段階で為されたかが問題になってきます」

「さっきも言った通り、安達香里の死体から子宮が奪われていると判明した時点で事件は警視庁主導の案件になった。後方支援に回されたら全体像が把握できなくなる」

「把握できなくなる以前、つまり高頭さんの班が主導して捜査していた時の話を聞かせてください」

千葉県警捜査一課の行動を冴子の口から語らせても一方的だというのは分かっている。しかし現場の担当者しか気づけないこと、現場を見た者なら語れるかもしれない事柄がある。氏家はその可能性を探るつもりだった。

「通報を受けて現場に臨場した。そこからの話で構わないか」

「結構です」

「死体の発見者はハゼ釣りにやってきた三十代の男性。駐車場にクルマを停め、河川敷まで下りた際に死体を発見した。最寄りの派出所から警察官が駆けつけて市川署と県警本部に通報した」

冴子は虚空を眺めながら諳んじるように話し始める。外見は猛々しいが、こと話題が捜査に及べば確かな記憶力を発揮する。

「死体は川縁から三メートルの地点に転がっていた。男性釣り客がひと目で死体と認識したのは、彼女の衣服がほぼ剝ぎ取られ腹部からの切開痕が露わになっていたのと、身体の下に血溜まりがあったからだ」

「わたしも現場を見ました。血溜まりの跡がほとんど残っていなかったのは到着した鑑識がすっかり回収したからですか」

「全部とは言わないまでも血に塗《まみ》れた砂利や小石は大方持っていった。流血の一部は川に流れ、その後も降雨が現場を洗い流した。血溜まりの跡が残っていなかったのはそのせいだろう。採取作業自体は鑑識課総出で行ったから試料は無尽蔵だ。しかし言い換えれば恐ろしい種類の体液や毛髪その他が分析対象だから、鑑識の連中も内心ではげんなりしていたはずだ」

「採取した試料はどこまで分析が進んだのですか」

「採取し終えた時点で那智事件との関連が疑われ、科捜研へと移管された。我々は採取作業のみに駆り出されたという訳だ。分析を免れてほっとした者もいるだろうが、大半は自分の仕事を横から掻《か》っ攫《さら》われたようで憤懣《ふんまん》遣《や》る方ないといった顔をしていた」

「被害者の身元はすぐに割れたんですか」

「現場近くに本人のバッグが落ちていた。中には化粧ポーチや財布、そして学生証が入っていたからな。千葉医大三年、安達香里。そこまで判明していれば鑑取りもできる。当日の本人の足取りも辿れる」

鑑識の仕事を奪われたのなら、せめて初動捜査は自分たちが片をつけよう——警視庁の介入を目の当たりにした高頭班の面々が、対抗心に燃えたのは想像に難くなかった。

「安達香里は市川市内のアパートに一人暮らし。実家が浦安《うらやす》市だったせいか、月イチのペースで戻っていた。ただ親からの援助だけでは生活費が足りなかったらしく、大学付近の喫茶店でバイトをしていた。講義に欠席することもなく性格は至って真面目、真面目過ぎて融通が利かない、思い詰めるとヤバいという友人評もあるくらいだ。特に親しい友人からは、付き合っていた男がいたそうだが本人の口が堅くてどこの誰かは教えてくれなかったことも聞いている。彼女の葬儀が執り行われた時、斎場にはそれらしき人間が参列しなかったから、この話はここで断ち切られている」

「友人は多かったんですか」

「学生に限らず真面目な人間には人が集まってくる。世の中はそういうものだろう」

ふと黒木の顔が思い浮かんだ。面白味のある男ではなく四角四面を煙たく思う者もいたが、確かに人徳というのか人を惹きつけるものがあった。きっと多くの者が生真面目を貫くことができないからだろう。ちょうど氏家がそうであるように。

「死体発見は一月八日でしたが、死亡推定時刻は前日だったんですか」

「そうだ。前日七日の午後十一時から深夜一時までの間。大学は冬休み中、バイト先の喫茶店も八日が初出勤だったから、前日の足取りはなかなか摑めなかった」

「でも、摑んだ」

「それが仕事だ」

冴子は不機嫌そうに唇をへの字に曲げたが、目元がわずかに緩んでいるところを見ると満更でもない様子だ。

「実家には暮れの二十九日から新年一月五日まで帰省していた。両親の証言では、実家にいる期間中も特に変わった素振りは見せなかったそうだ。六日の昼過ぎに実家を出て、その日の午後八時には母親とスマホで話している」

「待ってください。現場で見つかった本人の所持品の中で、スマホについて言及されませんでしたね」

「さすがの記憶力だな。うん、前々日母親との会話に使用されたスマホはバッグの中になかった。自室からも発見されなかったので、おそらく犯人が持ち去ったものと見られている」

「何故、持ち去る必要があったんでしょうか」

「分からん。一つの可能性としてはスマホのデータに犯人を示すものが残っていたことが挙げられる。あるいは安達香里が偶然、那智の顔を撮影したか、もしくは那智の連絡先を保存していたのかもしれない」

那智貴彦は行きずりの犯行を繰り返している。カバンには常にビニール紐とメスを忍ばせ、獲物を渉猟していた。その犯行態様を考えれば、前者の可能性が高い。

「翌七日の午後三時頃に安達香里は自宅アパートを出ている。同じアパートの住人がその姿を目撃している」

「自室に何か手掛かりはありませんでしたか」

「特筆すべきものはなかったな。以前、医大生の部屋を家宅捜索したことがあったが、安達香里の部屋も総じて似たようなものだった。書棚には高価な医学書と専門雑誌が整然と並べられ、ベッド回りには二十一歳の娘が好きそうな小物とインテリア。ただし贅沢できる余裕はないから、クローゼットの服は多くが量販店のものだ」

「彼氏とのツーショットの写真とか飾っていませんでしたか」

「氏家さんも古いな。今日びの女の子は、そういうのは全部スマホに収めている」

「彼女がインスタとかのSNSをしてくれていればよかったですね」

「生憎、そう都合よくいかないよ。大体女友だちにも秘密にするような相手がいたら、まずインスタなんかに上げないだろ」

何を分かり切ったことを、という顔をされる。言われてみればその通りで、氏家はやはり自分は女心に疎いのだと思い知らされる。

「アパートの最寄り駅から午後四時には東京メトロ東西線行徳駅で下車。これは本人のバッグにあったSuicaの履歴に残っている」

氏家は頭の中で行徳駅付近の地図を展開してみる。行徳駅の北側には旧江戸川が流れており、川沿いに北上すればそのまま現場となった河原に辿り着く。

「河原の現場に行ったのなら、あの辺の土地鑑もあるだろう」

「ええ。行徳駅で下車したら現場までは直線距離で二キロ程度。立ち寄り先も限定されてくる」

「と、最初は期待したんだ」

冴子の言葉に口惜しさが滲む。

「知っているかもしれないが、駅から離れるに従って防犯カメラの数は少なくなっていく。河原付近まで来ると道路沿いにあるコンビニとかの店舗に設置された防犯カメラ頼りになる。片っ端から映像を集めて解析したが、安達香里の姿は確認できなかった」

行徳駅に下車した午後四時から死亡推定時刻の午後十一時までの七時間、安達香里は河原までの約二キロ区間を移動していたことになる。

「死亡推定時刻までは七時間もある。行徳というのは典型的な郊外で、食品から生活雑貨、二十四時間営業のスーパーなどが軒を連ねている。図書館や児童館も備えてあってベッドタウンの要件は揃っている。逆の言い方をすれば若い女がショッピングや気晴らしに来る街じゃない」

「何か目的があった」

「多分そうだろう。ところが駅からの足取りがぷっつりと途絶えている。いや、正確に言うと、地取りは不完全なまま終了している」

「どうしてですか」

「ひと月後に那智が逮捕されたからだ。容疑者が確定した時点で地取りは終結。ウチの班に限らず捜査一課は山のように事件を抱えているから、すぐ他の事件に人員を投入される」

口惜しい表情の理由はこれだったか。

「安達香里の事件は我々の管轄内で起きた。たとえ警視庁主導であっても、ウチで目撃証言なり物的証拠なりを揃えたかった。だから那智が安達香里殺しだけを否認しているのが気に入らなかった。そこへ持ってきて、氏家さんからＤＮＡ型不一致の話を聞かされた。今のわたしの気持ち、分かってくれるかな」

「大方は」

「あの時、上からの命令とはいえ捜査を中断させたのは失敗だった。那智がやったにせよそうでなかったにせよ、きっちりと手を尽くすべきだった」

そして虚空を睨んだまま呟く。

「いや、今からでも遅くないか」

「再捜査するつもりですか」

「本来なら公判が始まる前に完備しておかなきゃならない捜査情報だし、第一わたしの寝覚めが悪くなる」

「一つお願いがあります」

「これ以上、気分を悪くさせる内容か」

「逆ですよ。安達香里の住んでいた部屋、現在はどうなっていますか」

「私物は両親が引き取って、部屋は業者がクリーニングを済ませたはずだ」

「その私物とクリーニングした部屋を是非拝見したいですね」

3

安達香里の自宅アパートは市川市田尻《たじり》にあった。最寄り駅の東京メトロ東西線原木《ばらき》中山《なかやま》駅から徒歩で十五分程度といったところか。鉄筋コンクリート造ではあるものの、築三十年は経っていそうな代物だった。

「やっぱり狭いクルマだ」

86から出てくると、冴子は全身の関節を解すように回し始めた。助手席を目いっぱい後ろに下げても足を真っ直ぐに伸ばせなかったと不平たらたらだ。

「だったら高頭警部はどんなクルマがお好きなんですか」

「見るからにガソリンを振り撒いて走ってそうな、図体の大きな外車がいい」

アパート一階の端には大家兼管理人が住んでいる。冴子の風貌はこういう時に効果覿面《てきめん》で、来意を告げるなり一も二もなく合鍵を渡してくれた。

「しかし氏家さん。今更だが、部屋は業者がクリーニングした後だぞ。もうペンペン草も生えていない」

「高頭警部はずっと官舎住まいでしたね。退去時のハウスクリーニング費用の相場をご存じですか」

「いや、知らん」

「一人用の居室で二万円から四万円。ただし物件によりけりです。大手ハウスメーカーの管理物件なら掃除はもちろん床材のワックスがけまでやってくれますが、基本家賃の安い物件でクリーニング代を高くする訳にはいきません。このアパートも相当に築年数が経っている単身者向けのアパートなので高い家賃は取れない。従ってクリーニング代も極力抑えているでしょうね」

「まあ、そうなるだろうな」

「費用のかかるハウスクリーニングはできない。安く抑えたら掃いて拭くのが精一杯で、とても壁紙の張替までは手がつけられません。もしそんな状態だったのなら、ペンペン草よりいいモノが生えているかもしれませんね」

安達香里が入居していたのは二階の手前から二つ目の部屋だった。

「高頭警部、手袋の用意はありますか」

「ああ、問題ない」

「でも、さすがにこういう持ち合わせはないでしょう」

氏家が取り出したのは使い捨てのビニール製のシューズカバーとヘッドキャップだ。

「あのな。わたしは刑事部の課長補佐だが、同時にそこそこ妙齢の女性だぞ。ビニール製のシューズカバーとヘッドキャップを化粧ポーチに常備しているように見えるか」

「失礼しました」

冴子から渡された合鍵でゆっくりとドアを開ける。中は当然ながら真っ暗だった。

「大家の話じゃブレーカーさえ上げれば照明が点《つ》くはずなんだが」

「その必要はないです。というか却って邪魔です」

氏家は持参したバッグからふた組のゴーグルを取り出して一つを冴子に渡す。

「ALSか。普段、こういうのを掛けることはないから、なかなか新鮮だな」

注意深く足を踏み入れる。氏家が想像していた通り、床は簡単な掃除が行われただけで、埃《ほこり》や毛髪が隅に散見される。

ではバス・トイレはどうか。こちらは安達香里が使用していたままだったらしく、碌に拭き掃除もされていない。

「女子として痛感するが」

ゴーグルで氏家と同じ光景を見ていた冴子が情けなさそうに呟く。

「綺麗好きかどうかは性別に無関係だな。このゴーグルで部屋を見せたら、百年の恋も一遍に醒《さ》める。ひょっとして氏家さんが彼女を作らないのはこのせいか」

「考え過ぎです、高頭警部」

冴子の揶揄を受け流して便座を上げる。こちらも予想通り放ったらかしだ。ゴーグルを取り換えてみると、撥《は》ねた尿らしき体液が裏側に付着している。安達香里の家族が見れば溜息ものだろうが、氏家にとっては宝の山だ。

「千葉県警の鑑識が入った後から手付かずみたいですね。助かります」

「採取はしたものの、データの一切合財は科捜研に持っていかれた。小便の飛沫を懸命に集めていた鑑識係こそいい面の皮だ。それにしても司法解剖まで済んだ被害者の尿を調べてどうするつもりだい」

「分析結果が出てから考えますよ」

氏家はスマートフォンを取り出して相倉の番号を呼び出す。

『はい、相倉です』

「今、市川市なんだけど何人か来れるかな。採取機材一式持参で」

『市川というと安達香里の件ですよね』

「うん、彼女の部屋をもう一度調べる。それで何人来れるんだい」

『職員総出でもいいですよ』

いつになく声は怒気を孕んでいた。

『この案件、徹底的にやらないと僕たちも収まりませんから』

「うーん。やる気があるのは結構だけど、全員だと支障があるな。こっちは四人もいれば充分だよ」

『こっちということは、別の場所も調べるということですね』

「察しが早いんで助かるよ。そういう理由で人を残しておきたい」

『了解です』

長く一緒に仕事をしていると阿吽《あうん》の呼吸ができあがる。馴れ合いは好ましくないが、多くを語らずとも指示が伝達できるのは有難かった。

「さて、高頭警部。警部のことですから近隣住民への訊き込みも済んでいるんでしょうね」

「無論だ。隣の203号室の入居者は加賀孝照《かがたかてる》という学生で、事件当日に安達香里がアパートを出たところを目撃している」

「お手数ですが、もう一度彼から話を訊き出してもらえますか」

「氏家さんがここを目指すと聞いた時から予想はしていた。伝聞や報告書を鵜呑《うの》みにするボンクラじゃないだろうしな」

氏家が触れる伝聞や報告書は大抵が捜査機関発のものだ。その情報を鵜呑みにしないことを評価する冴子もまた、身内からの情報に全幅の信用を置いていないのだ。

「妙な顔をしているな」

「高頭警部も伝聞や報告書の類いを妄信されないんですね」

「わたしが一時、千葉県警全部を敵に回した事件を知っているだろう」

「噂程度には」

「事もあろうに警官殺しの罪を被せられた。信じられたのは自分の班だけだった。警察勤めの身で言えることじゃないが、あの事件から組織というものに懐疑を抱くようになった。その反動かな。あんたみたいに組織に縛られないヤツ、自分の目で見たものしか信じないヤツに肩入れしたくなる」

「組織より人を信じますか」

「何か問題が起きた時、難題だったら人は悩むよな。倫理と感情が絡めば尚更だし、自分の決断が最適解だと自信を持てるヤツなんぞ、そうそういない。ところが組織ってのは悩んだ風もなく、あっさりと結論を出すだろ。まあ、構成員を束ねるために迅速な意思決定が必要なのも分からんじゃないが、一度冤罪を着せられた身には、その迅速さと己を疑わない厚顔さが危なっかしくてしようがない」

ここでも無謬性の問題が出てきたか。

「それにしてもまだ昼過ぎですよ。こんな時間に学生が在宅していますかね」

「その心配はない。昼過ぎだろうが朝っぱらだろうが、あの学生は必ず在宅している」

「根拠がありそうですね」

「本人はネトゲにハマっていてな、講義にも出ず日がな一日ネットに齧《かじ》りついている。社会的にはどうかと思うが、お蔭で安達香里の在宅状況が判明したんだから捜査本部にしてみれば有難い目撃者だ」

冴子は早速２０３号室のインターフォンに手を掛ける。二回、三回、四回、五回。

冴子は入居者の迷惑も顧みずボタンを連打する。

「高頭警部。それはちょっと」

「こうしないと出てこない。前の聴取で学習済みだ」

七回目でやっとドアが開けられた。

「はいはいはい、今出るよ。うっるせーなー」

顔を覗かせたのは蓬髪《ほうはつ》の男だったが、冴子を見るなりぎょっとしたようだった。

「また、あなたか」

「その節は捜査にご協力いただき有難うございました。千葉県警の高頭です。本日伺ったのはお隣にお住まいだった安達香里さんについてお訊きしたいことがあったからです」

「前に話したじゃん」

「人間の脳は時間が経過すると更に詳細な記憶を思い出すことがあります。ご協力ください」

「あの事件、那智とかいう犯人が逮捕されて一件落着したんでしょ。どうして今更」

「そろそろ初公判が始まります。警察としては目撃証言を鉄壁なものに仕上げておきたいんですよ」

「つまり俺の証言がヤツに正義の鉄槌《てっつい》を下すって訳かい」

加賀の目が嗜虐《しぎゃく》に歪む。正義という武器を与えたら真っ先に暴走するタイプに見えた。

「お話は玄関先でよろしいですか」

「部屋の中にずかずか入られたら迷惑なんで」

「では一月七日近辺のことをもう一度」

「帰省でもしていたのか暮れと正月には不在でしたね。戻ってきたのは六日の夜で、翌日の三時頃には外出しました」

「よく事細かに時間を憶えていますね」

「このアパート、ドアや壁が薄くて薄くて」

加賀は細めに開けたドアをこんこんと指で叩く。

「シャワーの音やトイレの水を流す音が丸聞こえなんですよ。特にこのドア、蝶番《ちょうつがい》が安物なんで勝手に勢いよく閉まっちゃう。ガッシャーンって。昼寝してても飛び起きるような音なんですよ。嫌でも隣の様子が分かっちゃうんです」

「時刻がいちいち詳しい」

「そりゃあゲームで経過時間や現在時刻が表示されますから。正直言って、ゲームに集中している時に限って大きな音がして、その度に中断させられました。本当に迷惑だったな」

非業の死を遂げた被害女性よりもゲームの方が大事だと言わんばかりの口調に、そろそろ氏家も嫌気が差してきた。

だが、これを訊かずに帰る訳にはいかない。

「ちょっと、いいですか」

加賀と冴子の間に割り込んで質問をぶつける。

「そんなに隣室の音がダダ洩れなら、安達香里さんが誰か友人を招き入れた時も分かってしまいますよね」

氏家としてはカマをかけてみたつもりだった。これで加賀が何も思い出さず、何を語らずとも仕方がない。

だが加賀は何事か思い出したかのように視線を宙空の一点に固定する。そして、俄《にわか》に目を輝かせた。

「そう言えば週イチで男、連れ込んでましたね。一度だけお隣さんの顔を見た時に、ずいぶんおとなしそうな娘だったので、こんな娘が週イチで男連れ込むんだと思って意外でした」

「どうして相手が男性だと分かりました。話し声が聞こえましたか」

「ギシアンです」

聞き慣れない言葉に氏家と冴子は顔を見合わせる。

「知りませんか。ギシギシ、アンアン。安いベッドの軋《きし》みとあの時の声が聞こえてくるんですよ」

「相手の男性を見たことはありませんか」

「全然ないですね。泊っても朝早くには帰っちまうようでした。もう、いいですか。ちょうどラスボスが出てきたところなんで」

加賀はそれだけ言うと、一方的にドアを閉めてしまった。

「時たま、こういうことがある」

冴子は憮然《ぶぜん》とした表情で呟いた。

「後になってから本当に重要なことを思い出す。証人に同じ質問を繰り返すのは、これがあるからだ」

「よかったじゃないですか、新証言が出てきて」

「しかし氏家さん。親しい友人からは、安達香里が男と付き合っていたらしいことは既に訊き出している。さほどの新証言でもないだろう」

「とんでもない」

氏家は笑いながら203号室の前を離れる。

「ここまで足を延ばした甲斐があるというものです。そして、この後の行動に明確な目的が生じました」

その後、アパートの敷地に〈氏家鑑定センター〉のワンボックスカーが到着すると、氏家は先頭に立つ飯沼に一任して、また冴子を愛車に押し込む。

「次の行き先は見当がつく。安達香里の実家か」

「ご名答です。高頭警部は一度訪問しているんですよね」

「ナビ代わりにしようってのか。まあいい、電話を一本入れさせてくれ」

冴子は助手席の狭さに難渋しながらスマートフォンを取り出す。

「安達香里の両親は共稼ぎだ。アポを取っておく」

安達香里の実家は浦安市猫実《ねこざね》にあった。やなぎ通り沿いにある中層集合住宅で、一階が紳士服の店舗になっている。

「見た目は立派だが、紳士服屋の煌《きら》びやかさに騙《だま》されるなよ」

86から身体を出した冴子は、また関節を鳴らしながらマンションを見上げる。

「住宅部分はそれほど上等じゃない。入口はオートロックになっていても古くて物騒だから、入居者は半分程度だ」

「オートロックなのに物騒というのは、どういう訳ですか」

「以前、殺人事件があった。お蔭で住人が次々に退去していった」

歯抜けは風評のせいだったか。

「この辺りの家賃相場は1Kで六万円前後だが、このマンションは一時半額にまで下がった。人気のほどが分かるだろう」

曰《いわ》くつきの物件に未だ住み続けている共働きの夫婦。それだけで家計の苦しさが透けて見える。

「他人事ですが、よく娘を大学に入れましたね」

「父親ができた人物で、借金してでも教育費はケチるなという信条だったらしい」

そうまでして大学に入れた娘が無残に殺害されたのだ。両親の憤怒と悲哀がまだ見ぬ段階で容易に想像できる。

四階の中ほどに〈安達〉の表札を掲げた部屋があった。冴子がインターフォンで来意を告げると、すぐにドアが開けられた。顔を出したのは疲れた顔の主婦だ。

「警部さん」

「安達さん。また参りました」

彼女が香里の母親、安達永利香《えりか》だった。

二人は永利香に勧められてリビングに入る。意外なくらいに片付いており、広さはなくても快適な空間だと思った。一方で壁には何の飾りもなく、殺風景の誹《そし》りを免れない。

「生憎、主人はまだ勤めから帰っておりませんで……それで今日のご用件は」

冴子は無言でこちらに視線を寄越す。質問役交代の合図だ。

「香里さんが亡くなられた後、アパートにあった私物はどうされましたか」

「大方は処分しましたけど、それがどうかしましたか」

「申し遅れましたが、わたしは民間の鑑定センターを開設している者です」

遅ればせながら氏家が名刺を差し出すと、永利香はまじまじと眺める。

「娘さんの私物を預からせてください」

「どうしてですか」

「安達さんは、犯人と目されている那智貴彦が娘さんの事件については否認しているのをご存じですよね」

「あの男の名前は聞きたくありません。口に出すのも腹立たしいです」

「お察しします。わたしは弁護側の依頼で証拠の洗い直しをしています」

途端に、冴子が非難がましい顔をしてみせた。折角、警察官の自分が同席しているのだから素性は隠しておけという意味だ。

冴子の気持ちはもっともだったが、この母親を騙すような真似はしたくなかった。

だが、永利香の反応は冴子よりも顕著だった。

「何ですって」

今まで生気の失せていた顔に怒りの色が走る。

「弁護側って、つまりあの男を助けるために」

「ええ、その通りです。那智が香里さんを殺害していないことを立証しようとしています」

「どうして、そんなことにわたしたちが協力しなきゃならないんですかっ」

永利香はもう鬼の形相をしている。睨まれながら、氏家は無理もないと同情してしまう。

「あいつが香里を殺していないと言っているのは死刑を免れるためなんでしょう。そのくらいはわたしにだって分かります。そんな見え透いた嘘をどうして信用するんですか」

「わたしは全てを疑っています」

詮無い話と自覚しながら氏家は自身の信条を告げる。青臭かろうが鼻につこうが、母親に虚偽を告げてまで私物を捥《も》ぎ取る訳にはいかない。

「那智貴彦の供述も捜査本部の報告書も全て信用していません。それらを一から調べ直すのが我々の仕事です」

「警察や検察が間違うはずありません」

「万が一にでも那智の供述が真実だったとしたらどうですか。那智を憎むあまり、警察も検察も彼に濡れ衣を着せていることになります。それだけじゃありません。香里さんを殺害した真犯人を今も野放しにしていることになる」

「やめてください。そんなの、みんなあなただけの見方じゃないですかあっ」

永利香は絶叫する。娘を不条理に奪われた母親の絶叫だった。

「そりゃあ弁護側だったら、あいつの罪を軽くするために何だってやるでしょうよ。白を黒と言い続けるのも平気でしょう。でも、少しは被害者側の身になったらどうなんですか」

「罪を軽くしようとはしていません。あくまでも真実を」

「もう沢山っ」

そう叫んで永利香はその場に腰を落とした。

「もう沢山……もう、思い出すのも苦痛なんです」

「安達さん」

「この部屋を見て気づきませんか。死んだというのに、あの子の写真は一枚も置いていません。見るのが辛いんです。香里の写真を見ただけで霊安室で対面した変わり果てた姿が目に浮かんで、おかしくなりそうなんです」

座り込んだ永利香を見て、冴子は短く嘆息する。

「氏家さん。悪いが席を外してくれないか」

「しかし」

「いいから」

いずれにしても弁護側と知れた氏家にこの場を収める度量はない。冴子に託して、氏家はいったん玄関まで退避した。

十分もしただろうか、冴子がやってきた。

「落ち着いたところで改めて話してみた。香里の私物を預けてくれるそうだ」

「どうやって説得したんですか」

「まだ子どもを産んだことはないが、人並みに母性本能は備えている。氏家さんもさすがにそれは持ち合わせていないだろう」

「残念ながら」

「こう見えて八歳児を手懐《てなず》けたこともある」

どこか得意げな冴子に促されてリビングに戻ると、永利香はすっかり魂を抜かれたような風情で座っていた。

「……私物のほとんどは処分しましたけど、香里が大切にしていた小物やノート類はどうしても捨てられなくって」

「どこに保管してあるんですか」

「あの子の部屋に。リビングを出た奥の部屋です」

冴子とともに指示された部屋へ赴く。ドアノブを捻ると、何の抵抗もなく開いた。

一見して人の住んでいる部屋ではないと分かった。

元からの家具にアパートから持ち出した私物が加えられているためか、リビングよりも雑然とした印象を受ける。だがそれよりも顕著なのは人の気配がどこにも感じられないことだ。小物、手垢のついた医学書、そしてノート。まるで古墳の副葬品だと思った。死者とともに弔われるはずだった副葬品が何かの手違いで放置されている。

クローゼットを開くと、事前に冴子が告げていたように量販店の服が並んでいる。しかしそれにも持ち主の気配はない。

家具にしても衣類にしても、使用する者がいなければたちまち人の匂いが消えていく。多くの現場で死者の持ち物と対峙してきた者だけが感知し得る印象なのかもしれない。

「高頭警部。どれがアパートにあった物か見分けがつきますか」

「ああ、ちゃんと憶えているさ」

クローゼットの前に立つと、冴子は手際よく衣類を分類し始めた。

「メモもないのに、よく憶えていますね」

「アパートには季節ものの服しか吊るしていなかった。衣替えの度に実家から移していたんだろうな」

ふと見ると、クローゼットの隅に古びたベッドパッドが畳まれていた。元から部屋に設《しつら》えてあるベッドには他のパッドが敷かれているので、おそらく安達香里のアパートから持ち出したものだろう。

「小物にノートにベッドの一部。要は娘の触れたものはなかなか捨てられないということだな。気持ちは分かる」

「でも助かります。アパートにあった私物はほとんど処分したとのことでしたが、これだけ残してくれていれば御の字ですよ」

氏家は再度スマートフォンを取り出す。今度の相手は翔子だった。

「今、安達香里の実家に来ている。物件を押収するのでワンボックスカーを頼む。場所は浦安市猫実、やなぎ通り沿い」

『有望な証拠物件ですか』

「それは分析する君たちの腕にかかっている。関係者の幸福も不幸も、全部君たちの手中にある」

電話を切ると、冴子が感心した様子で見ていた。

「部下を鼓舞するのが上手いな。今の言葉を聞いて発奮しないヤツは少ない」

「みんな若いですからね。若いうちは熱意と正義感だけで突っ走れます」

「それで叱咤激励か。それより氏家さん、鑑定センターの職員たちがここに到着した後、あんたに何か予定はあるか」

「鑑定センターに戻って一緒に分析作業をするつもりですが、何か」

「このスポーツカーなら埼玉の飯能市でもさほど遠くないだろ」

「デートのお誘いですか」

「ああ。飯能市に那智貴彦の実家がある。わたしは一度だけヤツの父親と顔を合わせたが、よければ同行するか」

冴子はまるで氏家が拒絶するはずがないとでもいうように、にやにや笑っている。

「断るという選択肢はなさそうですね」


埼玉県飯能市には一時間と十分で到着した。

「早いな。それもちゃんと交通法規を守っているから大したものだ」

覆面パトカーがサイレンを鳴らしながらでは何分かかるのかと思ったが、敢えて訊かなかった。冴子なら多少の交通法規は破って当然くらいに考えているかもしれない。

「那智の母親は早くに亡くなっていて、高校までは父親が男手で育てている。週刊誌やネットニュースは一人親という境遇がモンスターを生んだ要因だったと先走った憶測を書き立てた。後になって批判されてから尻窄《しりすぼ》みになったが、那智が逮捕されてしばらくは報道関係者で家の前はいつも黒山の人だかりだった」

「那智を逮捕したのは警視庁の捜査官でしたよね」

「野次馬的な好奇心がゼロだったと言えば嘘になる。ただ、自分が担当した事件の犯人については興味があった」

「それで父親と話したんですね」

「ああ。もし父親が本人の無罪を主張しようものなら捜査本部の見解も疑ってみるつもりだった。ところが父親は那智貴彦の犯行を否定しなかった。あいつならやるかもしれない。実の父親がそう言うんだから、こちらとしても弁護の余地がない」

吉田が那智と接見した際のノートを思い返す。聡明で理知的だが人を殺《あや》めずにはいられない。那智のようなモンスターがいかなる環境で生まれたかは、冴子ならずとも興味があるところだろう。そういった気質の発生原因を生育環境や遺伝性に求めている論文も存在している。

だが氏家の立場はそのどちらにも与《くみ》しない。生育環境や遺伝だけで説明できるのであればこんな簡単なことはなく、簡単な理屈は往々にして短絡的だからだ。冴子が言う通り、一人親だから猟奇殺人者に育ったというのは単なる流言飛語に過ぎない。

「父親なりに責任を痛感している。あいつならやるかもしれないという発言も、半分は自責の念に駆られてのものだろう」

「高頭警部。僕を彼の父親に会わせる趣旨というのは」

「ああ、そういうことだ。自分が弁護しようとする相手がどんな人間だったのか、知っておくのも損じゃない」

氏家の対峙する対象は被害者でもなければ加害者でもない。分析を依頼された〈モノ〉だけだ。そこに先入観の入る余地はない。従って那智の生育環境を知ったところで自身の行動に変化が生じるはずもなかったが、供述から浮かんだ那智貴彦と実像にどれだけの差異があるのかには興味がある。

「事件報道の中には一人親という生活環境以外にも遺伝を疑う記事があった。母親は早逝してしまったから確かめる術《すべ》もないが、少なくとも父親は反社会性とは無縁の人間だった。当時は財務省の官僚だったからな。父親の職業が明らかになった途端に、遺伝云々を取り沙汰する記事はすっかり影を潜めた。あれはお笑い種《ぐさ》だったな。普段は反権力を謳《うた》っていながら、いざ相手があちら側の人間と知るとたちまちだんまりを決め込む。そうでなければ好きなだけ誹謗中傷を繰り返すのにな」

飯能署前を過ぎバイパス沿いに数百メートルも走ると民家が目立ってくる。目指す那智宅はすぐに分かった。

建物はスレート葺二階建て。さほど築年数は経っていないにも拘わらず荒廃の空気が濃厚に漂っているのは、壁と言わずガラスと言わず書かれた悪口雑言《あっこうぞうごん》の落書きのせいだった。

『鬼畜の家』

『家族全員死んでつぐなえ』

『子どもの責任は親の責任』

『飯能から出ていけ』

『七代祟れ』

加害者家族の家を訪れるのは初めてではないが、こういう落書きを見る度に人間への嫌悪と不信が増していく。

「父親はまだ省庁勤めですか」

「いや、那智貴彦が逮捕された直後に退職している。ただ時期が定年と重なっているから、事件報道がどこまで影響しているかは判断がつかない」

「財務省勤めだったら退職金も相当ですよね。それなのに未だこの家に住み続けているのは、被害者遺族からの賠償請求を考えているからでしょうか」

「分からん」

門柱のインターフォンは破損してまるで使い物にならない。冴子は玄関ドアをノックして外から名乗る。

しばらくしてドアを開けて出てきたのは、ひどく老いた様子の男だった。

「お待ちしていました、警部さん」

彼が父親の那智光弘《みつひろ》だろう。先の話ではまだ六十歳のはずだが、実年齢よりもはるかに老けて見える。

「大したお構いもできませんが」

光弘について廊下を歩く。彼の頼りなげな背中に既視感があったので記憶を巡らせると永利香の佇《たたず》まいに酷似していた。悲惨な事件は被害者遺族にも加害者家族にも同様の仕打ちをするものらしい。

リビングに入ってすぐ目についたのは固定電話だった。しかもジャックがコンセントから抜いたままになっている。

「先ほどの電話では貴彦の話を聞きたいということでしたね。しかしそろそろ初公判だというのに、今更警部さんにお話しすることはありませんよ」

光弘は俯き加減で喋る。面を上げないのは、文字通り世間に顔向けができないという意思表示なのか。

「わたしが証人として呼ばれる予定もありません。警部さんが心配しなくても、息子に情状酌量が認められる可能性は万に一つもありますまい」

「那智さんが話をする相手はわたしではなく、隣に座っている彼です」

「初めまして。氏家と申します」

「弁護人の吉田先生の依頼で動いている民間の鑑定士ですよ」

「では弁護側の人という訳ですか」

光弘はちらと氏家を一瞥する。息子にとって数少ない味方であるはずなのに、何故か気乗り薄の様子だった。

「ただ、折角お骨折りいただいても大した甲斐はありませんよ」

「何故ですか」

氏家が問うと、光弘は力なく首を横に振る。

「息子が手に掛けた娘さんが二人であろうと三人であろうと大勢に変わりはありません」

「下品な言い方ですが、その人数で極刑を免れるかもしれないのですよ」

「極刑を免れたとしても死ぬまで懲役でしょう。早々に首を括られるのと、一生刑務所から出られないのと、どれだけの違いがあるんでしょう。最近、わたしも分からなくなってきたんです」

光弘は俯いたままで話を続ける。

「仮に死刑判決が出たとします。貴彦は死刑を執行され、翌日には新聞に載る。亡くなられた娘さんのご家族は痞《つか》えが取れたような気がするでしょうけど、だからといって死んだ人間が還る訳でもない。恨み骨髄の犯人が死んだとしても、心に空いた穴が埋まるものではないでしょう。じゃあ無期懲役の判決が下ればどうか。やっぱり貴彦が獄死するまで、親御さんたちは毎日心が苛まれます。人を憎むにも気力が必要ですからね。貴彦を恨んでいる間は気の休まる暇もないでしょう。つまり貴彦が死刑だろうと無期懲役だろうと、あまり結果は変わらない」

達観とも透徹とも言える考え方だが、違和感もある。

「それは被害者遺族の立場に立った考え方ですよね。那智さん自身はどう思われているんですか」

「そりゃあ父親の本音としては一日でも長く生きてほしい。当たり前じゃないですか」

初めて言葉に力が籠もる。

「ただ、それも本人次第です。拘置所で一度貴彦と面会したんですが、どうもあいつ本人は生きることに執着していないみたいなんです」

「死刑判決を覚悟しているんですか」

「いや、判決とは関係なく、生きていることにあまり意味を見出してないというか……」

光弘はしばらく黙り込み、言葉を探しているようだった。

「アレは昔からそんな風で……小学校に上がる前でしたか、よく家の近所でカエルやらヘビやらを捕まえては殺しておったんです。子どもなら誰でも一度はする遊びだと高を括っていたら、次第にエスカレートして猫や犬を殺すようになりました。さすがにやめるよう注意すると、貴彦はあどけない顔をして言ったのですよ。どうして生き物を殺すのが悪いのか理解できないと。わたしが命の大切さをいくら説明しても、頭では理解できても心では納得できていない様子でした。その時分はまだ母親が存命していて息子の行為をいちいち咎《とが》めたお蔭で、その癖は鳴りを潜めていました。妙な行動に出ない限りは親の言うことをよく聞いてたので特に問題とは思わなかったんです。しかし、七歳の時、母親が子宮がんで亡くなりまして、その時にまた奇矯な振る舞いを見せました。棺《ひつぎ》に納められた母親の身体を、こう、うっとりと見ているんですよ。まるでピン留めした昆虫を見るような目で。その瞬間、わたしは貴彦の異常性に改めて気づいたんです」

光弘は寒そうにぶるりと肩を震わせる。

「だからアレが医学の道に進みたいと言い出した時は複雑な気分でした。誇らしさと危うさが同居しているような……この感じ、お分かりいただけますか」

「ええ。何となく」

「大学進学を機に貴彦は家を出ていきました。お互いに距離を取ることで緊張が和らいだせいか、貴彦はまともになったんじゃないか。真っ当に医者を目指しているんじゃないかと思っていました。ところが結局はこの事件です。とうとう恐れていたことが現実になったと観念しました」

「昔から生き物を殺すのが悪いと思っていなかった。本人が生きることに執着していない。だから法廷でも争わないのでしょうか」

「検察側の主張が事実と違わない限り、貴彦は争おうとはしないでしょう。事実と異なるとしても、それを立証しようとするのは時間の無駄と考えていますよ。それに人を殺めたのは事実だから、少なくともその責任を取ろうとしているんだと思います」

「責任を取る」

「感覚として納得できなくても、自分の行為が犯罪であるのは理解している。それなら罰を受けるのも当然という理屈です。供述で、安達香里さんを殺していないというのはおそらく事実でしょう。息子は子どもの時分から色々と残虐な遊びもしたし、命の大切さを理解できなかった。しかし嘘は吐かなかった。だから今度もそうなんでしょう。ただ、それがわたしにとっては、どちらでもいいことなんです。犠牲者が二人でも三人でも大した違いはありません」

「理性的で、自分の行為に対して責任を取る意思もある。それなのに女性をあんな風に殺害するというのは一種の矛盾のような気がします」

「氏家さん、でしたね。ああいう息子を持った身ですので、わたしも様々な文献に当たったのですよ。息子の場合は反社会性パーソナリティ障害と診断されるでしょう。反社会性パーソナリティ障害の持ち主の中には社会的に成功した人間も少なくない。成功者と犯罪者の相違は、ほんのわずかでしかないのでしょう。もちろん、それで刑法第39条の適用を受ける訳でもない」

第三者の素人診断よりは実の父親による見立ての方が実相に近いということか。しかし、それは納得できる。

「貴彦のために骨を折っていただいていることには感謝します。しかし、わたしには一切気兼ねしないでください。アレには責任能力があり、実際に責任を取ろうとしている。息子が凶行に及ぶのを予想できながら止めることができなかったわたしにも同等の罪がある。今更、減刑を望んだりはしません。それは娘さんたちのご家族にも、そして貴彦本人にも失礼というものです」

訥々《とつとつ》とした口調ながら言葉には悲壮感が漂っている。氏家はそれ以上、質問するのが憚られた。

那智宅を辞去して86に乗り込むと、冴子が話し掛けてきた。

「今の、どう思う」

「罪を犯した者の父親としての一つの姿なんでしょうね。壁の落書きを放置しているのも、費用云々の問題よりは贖罪《しょくざい》意識の一種なのかもしれません」

「那智貴彦に対する心証に、いささかでも変化はあったかい」

「多少は変わったかもしれません。しかし、いずれにしても被告人の性格や風聞で仕事を選んでいるのではありませんからね」

「それが聞きたかった」

4

七月二十五日、第三回公判前整理手続。

「安達香里の自宅アパートにあった私物から採取された証拠品、ですか」

吉田が提出した予定主張記載書の追加分を一瞥し、増田は少し不満そうな顔をした。

「やや曖昧な感がしますが、これは何か意図があってのことでしょうか」

「いえ。委託している鑑定センターの分析結果がまだ出ていないので、こういう書き方になった次第です」

「心許ないですね。公判では提示できる内容なのでしょうね」

「委託先からはそう聞いております」

説明しながら吉田は自身の焦燥が顔に出ていないかを案じていた。

安達香里の自宅アパートと実家に赴き、それぞれで収穫を得た――氏家からはそう報告を受けているが、未だ報告書が提出されていないのは増田に告げた通りだ。公判前整理手続の席上で何もかも全容を曝《さら》け出さなければならないという決まりはないが、もったいぶった言動が褒められた戦法でないのも承知している。

不審に思ったのは増田だけではないらしい。同席していた谷端は露骨に眉を顰めてみせた。

「安達香里の自宅アパートは捜査本部の人間が根こそぎ調べている。既にハウスクリーニングも済んでいるはずです。そんな場所から、いったい何を採取したのやら。せいぜいクリーニング業者の毛髪や足跡じゃないんですか」

冗談めかしてはいるものの、底意地の悪い当てつけでしかない。だがここで自分が激昂したところで何の得にもならない。

「弁護人としては委託先の能力を信じるだけです」

「ただの時間稼ぎでは裁判官や裁判員に多大な迷惑をかけることになる。弁護人にも釈迦に説法だろうが、検察庁も裁判所も理屈の上では処理しきれないほどの案件を抱えている。もちろん審理は慎重にも慎重を期すべきだが、同時に迅速さも求められている。そうですよね。増田判事」

「そうですね。殊に東京地裁はその傾向が顕著に思われます」

「最近、裁判員に選ばれても辞退する市民の割合が七割に迫った。理由の最たるものが裁判の長期化であるのはあなたも知っているだろう」

今から八年ほど前、初公判から判決までの平均期間は三・七日だったが、二〇一六年には九・五日まで延びた。評議時間の平均も同様で、三九七分だったものが一六年には七三一・九分と一・八倍になっている。しかも公判は平日にしか開かれない。これでは真っ当な職業に就いている市民から敬遠されがちになるのも当然といえた。

「裁判に関わる者も見守る者も悠長なことをしていられないのが現状だ」

「裁判事情くらい、判事に指摘されなくても承知しています。弁護側も徒に判決を先送りしようなどとは考えていません」

「では公判前に判明したら事前にお知らせください」

その場を収めた増田にしても半信半疑であるのは顔つきで分かる。手練れの鑑識や科捜研が調べ尽くした後ではどうせ大した収穫もあるまいと決めつけているのだ。

双方の提出した書類を再度確認し終えた増田は、さてと前置きしてから二人に向き直った。

「折角なのでお二人には話しておきましょう。今しがたも話に出ましたが、裁判員裁判も公判前整理手続も平成十一年に始まった司法制度改革の一部です。ところが開始されて二十年弱、そろそろ新制度にもいくつかの綻びが生じています。裁判員を辞退する市民の割合が七割に迫ったというのもその一つです。いや、綻びが生じていること自体はいいのですよ。制度改革といっても所詮は人間のすることなので、最初から完全なものを望む方がおかしい。綻びが生じれば繕う、不要な部分と分かれば切除する。そういう段階を重ねて、制度というものは完成に近づくのですから」

いったい何を言い出したのかと、吉田は増田から目が離せなくなった。谷端も同様らしく、不思議そうに判事を見ている。

「既に本案件は各方面から注目を集めています。一つは犯行態様の稀に見る猟奇性、一つは永山基準を巡る裁判所判断、そしてもう一つは那智被告が財務官僚の息子であることとです。特に最後の被告人の素性については所謂〈上級国民〉なる造語が巷《ちまた》に蔓延《はびこ》り、裁判に対するお門違いな興味を持たれている始末です。お蔭で初公判の傍聴席は、現時点で大変な競争率が予想されている有様です」

那智貴彦の素性について一種恨みがましい見方がされているのは吉田も承知していた。しかし世事に疎い吉田にはさほどの大事とも思えなかったのだ。

「世間の注目を集めている裁判なら、却って好都合です。何故なら、わたしはこの裁判で司法制度改革に生じた綻びを可能な限り繕いたいと考えているからです。従ってパフォーマンスに過ぎない精神鑑定や、本筋から逸脱した社会批判、裁判員に向けた不必要な威嚇や啓蒙、思考停止にも似た判例法主義、今までは看過していた諸々の無駄を排除していく所存です」

淡々とした口調ながら、その内容はあまりに辛辣で且つ苛烈だった。

穏やかな笑みですっかり失念していたが、増田は思想的な偏りがない代わりに揺るぎない信念を持っている。そう言えば裁判所広報誌『司法の窓』では、増田が司法制度改革について一家言を寄稿した過去もあったではないか。それにしても判例法主義にまでメスを入れるとは予想さえしていなかった。

思わぬ伏兵。ひょっとしたら法廷における最大の敵は谷端ではなく、増田なのかもしれない。

「本公判では、裁判の長期化を防ぐために検察・弁護側双方の協力を求めるものです。あくまでも予定ではありますが、限られた時間内での審理であるのもお忘れなく」

世事に疎い吉田も判事の言葉には聡い。今の増田の宣言をたちどころに翻訳できる。

那智の父親の素性は判決内容を却って厳罰に向かわせる。

永山基準は考慮しない。

ぐびりと喉が鳴った。

決して悠長に構えているつもりはなかったが、那智事件は今までの事件とは勝手が違う。司法制度改革の再構築を目論む裁判所の思惑が絡んでいるのだ。

「判事の仰ることは充分に理解しますが」

吉田は精一杯の抵抗を試みる。

「本案件が司法制度改革のモデルケースのように扱われることに戸惑いを覚えます」

すると増田は事もなげに切り返してきた。

「司法制度改革は日弁連の十一次にも亘る司法改革宣言に基づいた運動の成果でもあ

り、平成十三年に提出された司法制度改革審議会意見書の具現化ではありませんか。日弁連に籍を置く吉田先生の言葉とは思えませんね」

指摘されることのいちいちが事実なので、吉田はひと言も言い返せない。

「何も本案件だけをモデルケースにするつもりなど毛頭ありません。しかし耳目を集める案件ならば、より効果的に裁判所の意向を喧伝するというのは許容範囲でしょう。わたしが申し上げたのは弁護側に一方的に不利な提言ではなく、双方に有益なはずです。異議があれば今のうちに伺いますよ」

吉田も谷端も口を噤んでしまった。

「では初公判は八月十日とします」

五　事実と真実

1

八月十日午前九時四十五分、東京地裁。那智事件第一回公判。

氏家は日比谷公園側から裁判所合同庁舎へと向かっていたが、祝田《いわいだ》門付近には傍聴整理券を求める人々と報道陣で黒山の人だかりができていた。彼らの前を横切った際、テレビ局の腕章をつけた男性が那智の名前を口にしていたので、那智事件初公判の傍聴席目当てに集まった者たちに違いない。

稀代の猟奇殺人者、那智貴彦。彼のプロフィールはその細部に至るまでマスコミが暴き立てた。母親を亡くしてからの異常行動、そして官僚だった父親の来歴。それぞれ単独では珍しくもないエピソードが猟奇殺人という輪で繋がると、別の物語性を帯びる。自分以外の人間を叩きたくてしょうがない連中にとって、那智事件は格好のエサだった。

弁護側の証人として何度も東京地裁を行き来しているから、今更その人だかりに驚きは感じない。社命で取材している報道陣はともかく、他人の人生を高みから見物して悦に入る輩は悪趣味としか言いようがない。中には真面目に審理を傍聴しようとする者もいるかもしれないが、そういう人間は整理券欲しさに目の色を変えたりはしないだろう。

東玄関から入り104号法廷へと向かう。開廷は午前十時きっかり。まだ十分前だというのに傍聴席は満席だった。

東京地裁104号法廷は世間の耳目を集めたり重大事件として扱われたりした事案を扱うことが多い。どの法廷を使用するかは裁判官の裁量に委ねられているが、本案件を司法制度改革再構築のとば口にしたいという増田判事の意向が反映されていると考えて間違いない。

傍聴席は九十六席あるが一般向けに割り当てられたのは五十席、残り四十六席は氏家を含めた事件関係者と報道関係者に割り当てられている。だがここで言う報道関係者とは司法記者クラブに加盟している十五社と準加盟の地方紙を指す。当然加盟していない週刊誌などの報道各社は一般対象の五十席を奪い合うことになる。その獲得のために、報道各社から発注を受けた専門業者が千人規模のアルバイトを動員しているので、実質ほとんどの席は報道関係者で占められている。

なるほど傍聴席の面々はいかにも報道関係者然とした顔つきが並んでいる。もっとも氏家がそう判断したのも、彼らの大部分がメモとペンを手にしていたからだ。法廷内ではパソコンの使用が禁じられており、折角傍聴席を獲得しても彼らには昔ながらの記録方法しか許されていない。

やがて風呂敷包みを抱えて吉田が現れた。弁護人席に向かう途中で氏家と目礼を交わす。先の公判前整理手続で増田判事から宣言された内容が圧力になっているせいか表情は険しい。元々、検察側が圧倒的に有利な案件なので二重に苦しい構図だ。

続いて谷端検事が入廷してくる。吉田から人伝《ひとづて》には聞いているが実物を見るのはこれが初めてだ。細い眉と薄い唇が酷薄な印象を与える。吉田の正面に座るが、相手とは目を合わせようともしない。二人の間に確執があるのは聞き知っているが、谷端の態度を見るに相当根深いものと推察できる。

やがて刑務官二名に付き添われて那智が入廷すると、法廷内が小さくざわめいた。報道関係者の中で初見の者は好奇心を隠そうともしていない。

那智は腰縄と手錠を掛けられているが萎《しお》れている風情は毛ほどもない。むしろ薄笑いを浮かべて飄々《ひょうひょう》としている。

早速、氏家の脳裏に明日の新聞の見出しが躍る。司法記者たちはここぞとばかり那智の平然とした態度を悪し様に書き連ね、読者は記事を読んで義憤を募らせるという寸法だ。

那智の態度を見ていると、彼が情状酌量など求めていないのは一目瞭然だった。死刑判決だろうが懲役だろうが構わないから勝手に進めろ——そう嘯《うそぶ》いているように見える。

那智が永山基準に留意して安達香里の殺害を否認していると憶測している者たちは、彼女の皮膚に付着していた体液が那智のものではないと知ったらいったいどんな顔をするだろうか。

明らかな恐怖と憎悪が、傍聴席から那智へと放たれる。しかし当の那智は涼しい顔で吉田の横に座る。

もし那智に対して起訴前鑑定が実施されていたら、と想像する時がある。報道で事件の概要を知った一般市民は那智を突然変異体のように捉えているフシがある。メディアに頻出した「稀代の殺人鬼」という陳腐な形容詞が人口に膾炙《かいしゃ》したのも証左の一つだろう。だが精神鑑定をして那智が平均的な人間よりも理性的である事実が喧伝されたら、彼らはちょっとしたパニックを起こすのではないか。

午前十時、廷吏が裁判官たちの入廷を告げると、法廷にいた全員が立ち上がる。裁判官たちを迎え入れるセレモニーだ。裁判官席横のドアが開き、三人の裁判官と六人の裁判員が姿を現す。裁判員の六人は何げない風を装って那智を盗み見ているが、傍聴席からはおっかなびっくりの好奇心が丸分かりだ。

「起立。礼」

裁判官席の九人が座ると、ようやく法廷内の全員が着席する。この場の主導権は裁判官が握っていることを認識させるセレモニーでもある。

裁判長は増田判事、左陪審は笹倉《ささくら》判事、右陪審が山口《やまぐち》判事。裁判員の六人は男女三人ずつの構成となっている。年齢も二十代から六十代と思しき者まで層が広い。

「開廷。では平成二十九年わ第一三五二〇号被告事件の審理を始めます。被告人は前に出てきてください」

のそりと那智が腰を上げ、証言台に進む。

増田判事は手元を一瞥してすぐ那智に向き直る。

「住所、氏名、職業、年齢は証人カードに記載した通りですね」

「はい。間違いありません」

証言台に立っている当人が被告人であることを特定する人定質問で、従来は被告人に口頭で喋らせていたのだが、最近では簡略化されたと聞いている。

「はい。席に戻ってください」

那智は板書の問題を解き終えた生徒のような顔をして吉田の隣に戻る。至極冷静な態度と思えるが、これも那智に偏見を抱いている報道関係者は不敵とか傍若無人という言葉で描写するに違いない。

「検察官、起訴状の朗読を」

「はい」

呼び掛けに応えて谷端が立ち上がる。今まで裁判官席に向けていた視線を今度は起訴状に落とす。

「起訴状。左記被告事件につき公訴を提起する。
1．被告人
本籍　埼玉県飯能市美杉台《みすぎだい》八丁目九―九
住所　東京都江戸川区篠崎町《しのざきまち》九丁目八―三
医師　那智貴彦　昭和五十七年四月二十五日生
2．公訴事実
被告人那智貴彦は都内医療機関に勤めているものであり、医大に入学した頃より自分には死体愛好癖があるのを自覚し、いつか死んだ女性を凌辱したいとの願望を抱くようになった。平成二十八年八月四日、以前帰宅途中で目撃した関戸亜美を尾行し、用意していたビニール紐で同女を絞殺した後、荒川河川敷で死姦に及んだ。その後、やはり用意していたメスで死体から子宮を摘出し、川に遺棄した。子宮を摘出したのは、膣内に残存していた精液を採取されて自分が特定されるのを怖れたからである。また付近の川には雑食性の魚が群棲しており、空気中に放置するよりも処分に有効と判断したためである」

那智の成育環境は語られず、淡々と犯行の内容のみが語られる。起訴事実の朗読なので簡明になるのは当然だが、こうして聞いていると那智の犯行の残忍さだけが浮き彫りになっていく。

「次いで十月下旬、被告人は同僚宅に向かう電車の中で藤津彩音を二人目の犠牲者として狙いを定める。十一月六日、入間市駅で下車した同女が入間川豊水橋を渡ろうとした直前に背後から絞殺、死体を河川敷まで運んだ。これも死姦した後、解剖用のエプロンを着けることで返り血に注意しながら子宮を摘出し前回と同様、川へ遺棄した」

女性裁判員の三人は一様に険しい顔をしていた。事前に那智の犯行態様を文書や写真で説明されているのだろうが、本人を目の前にすれば自ずと現実味が増す。同性の、しかも女性の象徴ともいうべき臓器を摘出した後に生ゴミのように投棄する男は、嫌悪の対象にしかならないのだろう。

藤津彩音の殺害・死体遺棄までは那智本人が自白している犯行だ。吉田から渡されたメモには本人による懺悔や謝罪の言葉は記されていない。弁護人である吉田の立場なら情状酌量の要素は決して看過しないはずだ。それにも拘わらず記載がなかったのは、那智が改悛《かいしゅん》の言葉を口にしなかったのだと推測できる。

そして今、起訴状で己の行状を読み上げられている那智の胸中にはどんな気持ちが渦巻いているのか。谷端に向けた顔はマネキンのように無表情だ。

「本年一月七日、前二回の犯行に味を占めた被告人は三件目の犯行に及ぶ。市川市内に居住する安達香里を追跡し、同市河原の河川敷で同女を絞殺、その後前回と同様の手口で子宮を摘出し、遺棄したものである」

それまで起訴状に落としていた視線が矢庭に那智へ向けられた。

「3．罪名および罰条
殺人　刑法第199条
死体損壊・遺棄　刑法第190条」

朗読を終えた谷端が着席すると、増田は再び那智へと向き直る。

「被告人には黙秘権があります。答えたくない質問は答えを拒むことができ、始めから終わりまで黙っていることもできます。答えたい時には答えても構いませんが、この法廷で述べたことは被告人に有利、不利を問わず、証拠として用いられることがあるので、そのつもりでいてください」

那智が浅く頷いたのを確認してから、増田は言葉を続ける。

「被告人。起訴状の内容について間違いはありませんか」

廷内の空気がひときわ張り詰める。ここで那智が起訴状の内容を認めれば審理は今回で終結するが、認めなければ証拠調べ手続きによって検察側が那智の犯罪を立証する流れに移行する。

既に報道された取り調べの状況から、那智が安達香里殺しについて否認しているのは知れ渡っている。しかし供述から一転、法廷では正反対の主張をする被告人も少なくない。並み居る報道陣が緊張するのも当然だった。

那智は立ち上がると、何の気負いもなく答えた。

「関戸亜美さんと藤津彩音さんの殺害については間違いありません。しかし安達香里さんを殺したのは僕ではありません」

この瞬間、審理は証拠調べ手続きへ移行することが決定した。

想定内の出来事だ。廷内では気落ちする者もいたが大方は予想通りの成り行きと納得している様子だった。無論増田もその一人で、粛々と手続きを進める。

「被告人より起訴状の内容について一部否認があったので次回公判より証拠調べに移ります。次回は八月二十日。閉廷」

増田の言葉が終わらぬうちに傍聴席から立ち上がる者たちが数人いた。いずれも報道関係者だろう。一刻も早く初公判の経緯を記事にするべく、社に舞い戻るつもりなのだ。

増田をはじめとした裁判官たちは元来たドアから消え、谷端も長居は無用とばかりに退廷していった。傍聴席から向こう側に残っているのは那智と吉田、そして書記官だけだ。

刑務官が近づき那智に退廷を促す。腰縄の端を握られた那智は従順に立ち上がりかけるが、ふと思い直したように小声で吉田に話し掛ける。

会話の内容は氏家の座る場所からは聞こえない。成り行きを見守っていると、怪訝そうな吉田からふた言み言返事をもらい、那智は満足した様子で刑務官に連れていかれた。

吉田は半ば呆れ半ば憤ったように那智の背中を見送り、やがて理解不能という面持ちで頭を振った。

風呂敷包みを抱えた吉田は、仕切りの扉を開けて氏家の前に立つ。

「お疲れ様でした」

「今日はひと言も話していない。疲れるようなことは何もしておらんよ」

「精神的にもですか」

「……まさかわたしまで観察の対象にしていたのか」

「傍聴席からできるのは観察だけですから」

「もうすぐ昼飯どきだが所長はこの後に予定でもあるかね。もしよければ地下の食堂で一緒にどうだ」

「日比谷公園の向こう側に、いいレストランがありますよ」

「庁舎の外で待ち構えているヤツらと顔を合わせたくない」

「お付き合いしましょう」

裁判所合同庁舎の地下には食堂街が広がっている。吉田は迷うことなく〈ダーリントンホール〉に足を踏み入れる。食堂街といっても全店社員食堂のような趣があり、いずれも食券での販売だが四百九十円のカレーライスに象徴されるように値段はどれも格安だ。ただし、その中で〈ダーリントンホール〉は定食が七百円台とやや高めの価格設定になっている。吉田はプレートB（本日の洋食・ピラフ又はライス）七百五十円、氏家はハンバーグランチ七百五十円を選んだ。

テーブルに座って周囲を見渡すと、なるほど他の客は全員シャツ姿で首から職員証をぶら下げている。外見で判断する限り報道関係者の姿はどこにも見当たらない。

「この時間は裁判所の職員で占められる。マスコミ関係者はいないから耳打ちまでする必要がない」

早速、注文の品がやってきたのでハンバーグをひと切れ味わう。噛むと口中に肉汁が広がり、七百五十円なら割安と思える味だった。

「これはなかなかですね」

「所長の稼ぎなら、もっと上等なところで食っているんだろうが、たまにはこういう昭和の香りがする食堂もいい。官公庁の社員食堂の中ではトップ5のコスパだという噂だ」

「どこの情報ですか」

「『自由と正義』のコラムで紹介されていた」

狭い情報網だと思ったが、口にはしなかった。

「閉廷直後、那智から話し掛けられていましたね」

「ああ、何の前触れもなかったのでいささか驚かされた」

吉田はビーフカツを口に運びながら言う。

「どんな話だったのか伺ってもよろしいですか」

「……関戸亜美と藤津彩音の遺族は来ているのかと尋ねられた」

氏家は思わず咀嚼《そしゃく》を止めた。

「今日に至るまで遺族の話など一度も持ち出さなかった。驚かされたのはそれが理由だ」

「彼は何のつもりでそんなことを訊いたのですか。まさか法廷内で遺族に謝罪するつもりだったんですか」

「わたしも同じことを考えたから、那智に確認してみた。そうしたら何と言ったと思う。もし傍聴に来ていたのなら申し訳ない、と」

「やはり謝罪の意思があるのですね」

「違う違う」

吉田は苦い顔をして首を振る。少なくとも食堂の中でする仕草ではない。

「自分は徹底して無駄を嫌う人間なんだそうだ」

「どういう意味ですか」

「折角、法廷に来てくれても自分は遺族の前で醜態を晒すことはできないと言うんだ」

「……ますます意味が分かりませんね」

「謝罪文を送るとか法廷で土下座するとかしても、決して遺族は減刑の嘆願などしてくれないだろう。仮に遺族からの嘆願書があったとしても、判例や自分の犯行態様を鑑みる限り情状酌量にはなりにくい。そういう理由で謝罪はできない。もし謝罪や醜態を期待してくれても意に沿えないそうだ。無駄を嫌うというのはそういう意味らしい」

那智は自身の異常性を客観視できる理性の持ち主だが、どこか倫理観に欠落が垣間見える。

「論理的ですね。しかし全く倫理的じゃない。普通はその狭間《はざま》を行ったり来たりするものですが、彼の場合は片方に固定されてびくともしない。犯罪心理を学ぶ人間には大変興味深い対象でしょうね」

「所長のような研究者タイプはそう思うかもしれないが、弁護を引き受けた身には興味深いでは済まされない」

吉田は面白くなさそうに付け合わせのミニトマトをフォークで突き刺す。

「すみません」

「いや、いい。残忍な犯行態様はともかく被告人としての態度が真摯だと評価したのはわたしだからな。思えば彼はわたしを弁護人に選任した時から今日まで、いささかも変わらなかった。その行動は許せないが、他人に媚びず、嘘を吐かないという点だけは認めるべきだ。だからこそ彼の主張を信じている」

起訴内容の一部否認。殺人の数が二人か三人かの相違であり、首尾よく極刑を免れたとしても無期懲役は避けられないだろうというのが吉田の見立てだった。

「那智は、やはり極刑を怖れているのでしょうか。法廷での立ち居振る舞いを見る限り、どうもそうは見えないのですが」

「彼は死を怖れているから一部否認したんじゃない。自分がしてもいないことで責任を負わされるのが堪らなく嫌なんだよ」

吉田の指摘は腑に落ちるものだ。自身の生死に拘わらず、不合理を嫌うのは那智の性格として頷ける。無駄を嫌うというのは、つまり自分が一部なりとも冤罪を着せられるのも無駄という考えだ。

「もう一つある。それは安達香里を殺害した者が他にいるのなら、その真犯人が罪に問われなければやはり筋が通らないという正義だ」

「稀代の殺人鬼が訴える正義ですか。表にいる報道関係者が聞いたらどんな顔をするでしょうね」

「いくら憎むべき連続殺人犯だからといって、無関係な事件の責任を取らせるのは論外だ。それ以上に、真犯人を野放しにしておくのはもっと理不尽だ。彼の主張する正義は間違っちゃいない。ところが本人は猟奇殺人者ときている。論理的には一貫性があるが、倫理的に破綻している。こんなケースは初めてだし、今後もなかなかお目にかかれないだろうな」

吉田は舌の上に不味いものを載せたような顔をする。つくづくこういう場所でする話ではなかったと氏家は後悔する。

「被害女性三人の遺族は、一人も傍聴しなかったのですね」

「傍聴席の割り当ての際、増田判事が事件関係者から遺族を外すように調整したと聞いた」

「どうしてそんな調整をしたんですか」

「宣言通り司法制度改革の精神に立ち返るという意思表明をより効果的に喧伝するためだろう。重大事件の初公判だから否が応でも世間の耳目は集まる。いつもより多くの報道関係者を傍聴席に招いたのはそういう理由だと、わたしは勘繰っている」

「遺族感情は二の次で、まずはアナウンスですか。それが真実なら、増田判事は策士ですね」

「策士と呼ばれても、おそらくあの判事は痛痒を感じまい。公判前整理手続の際、揺るぎない信念のようなものを垣間見た気分でね。平素が穏やかな分、ああいう人物の芯は曲がりにくい」

曲がりにくい心を備えた裁判官が歪曲しきった倫理の被告人を裁くという図式か。しかも裁判官は事件を制度改革という政《まつりごと》に利用しようと画策し、被告人は事件を真摯に解決しようとしている。

倫理と論理。画策と真摯。相反する二つの要素が糾《あざな》える縄のようになっている。

「複雑な顔をしているな、所長」

「一見、事件は単純なのですが、構成要素が複雑です」

「それより十日後は、いよいよ証拠調べに入る。そちらの準備は整っているのか」

「ええ、九割方は」

安達香里の皮膚に付着した体液が那智のものでないことは立証できる。立証と同時に未解決の事件が一件増えることになり捜査本部は慌てるだろうが、本質はそこではない。

「あとの一割とは何だ。この十日間で解決する種類のものかね」

「裁判の進行に問題を生じるものではありませんので、その点はご心配に及びません。その一割というのは那智事件以外の事件に関わる事柄なので」

「試料のすり替え事件か」

「はい。現場に残されていた体液が那智のものでないと立証された時点で、科捜研の鑑定結果通知書が虚偽である事実が示唆されることになります。その場合、検察側は何らかの反証を用意するでしょう。いずれにしても公判は荒れます」

「そんなに悲観することでもない」

吉田は最後に残ったピラフを口に運ぶ。

「荒れれば荒れたで那智の主張は正当とされ、更に世間の注目を集めることで増田判事の目論見も成就する。両者にとって損はない」

それほど単純な話ではないと氏家は懊悩《おうのう》するが、これも口にはしなかった。

2

八月二十日、那智事件第二回公判。

前回と同じく午前十時に開廷し、傍聴席が報道関係者らしき面々で占められているのも同様だった。

ただし新しい顔も混在している。すぐにそれと分かったのは安達香里の母親である永利香だ。他にも思い詰めた表情の夫婦連れがふた組座っているが、吉田から今回は遺族が事件関係者として傍聴すると聞いているので、それぞれ関戸亜美と藤津彩音の両親に違いない。

「平成二十九年わ第一三五二〇号被告事件の審理を進めます」

増田は尚も淡々としている。公判前整理手続において科捜研の提出した鑑定結果通知書の内容と氏家鑑定センターの鑑定結果に相違が生じているのは承知しているから、おそらく本日のやり取りも想定済みなのだろう。

「では、検察官。お願いします」

谷端が冒頭陳述のために立ち上がる。起訴状で述べた内容についてその根拠を補充していく作業であり、いきおい那智の生い立ちや生活環境に言及する。量刑判断にも影響するので、谷端としては那智の非人間性や悪辣さを強調したいところだろう。

「被告人那智貴彦は昭和五十七年四月二十五日、那智家の一人息子として誕生。那智家は経済的には安定していたものの、母親と七歳の時に死別しており情緒発達時に母親の愛情を受けずに成育している」

那智家が経済的に安定していたのは父親が財務官僚だったからだが、谷端はその事実に触れようとしない。理由は不明だが、裁判員の抱く心証に配慮しているのかもしれない。

「被告人が自らの異常性向を自覚したのは十七歳頃からである。異性に興味を示すのは思春期として当然としても被告人の性的興味は異性の死体にも向かっていた。被告人が自身の死体愛好癖をはっきり自覚するのは医大に入ってからで、解剖実習で若い女性の検体を見た時に陰茎を勃起させて劣情を催した。そしてこの頃から死体を凌辱したいという欲求が日増しに強くなってきた」

母性愛の欠如を匂わせながら、那智の異常性の萌芽を露悪的に説明する。女性裁判員の三人には効果的な陳述だ。

「異性に対して凶悪な欲情を抱く被告人は日常的に殺害用のビニール紐とメスを携帯するようになる。これは自分好みの女性を発見した時、即刻獲物にするための準備だった。被告人はこの時点で既に虞犯《ぐはん》者であったという他ない」

虞犯者云々の件は検察側の誘導であるのが明白だが、凶器を携帯するという行為で聞く者を納得させてしまう。

「平成二十八年七月、被告人は帰宅途中に見かけていた関戸亜美を最初の獲物に定める。被害女性が北千住駅で下車してから自宅に戻るまでの帰路を把握した上で、翌八月四日に犯行に至った。被害女性を背後からビニール紐で絞殺した後、荒川河川敷まで運び、その場で遺体を凌辱、事後に子宮を摘出し川へ遺棄した。被告人は勤務医として既に数々の外科手術を手掛けていた経験から、子宮の摘出は比較的容易な作業だった。遺棄した理由は膣内に残存していた精液から自らに捜査の手が伸びるのを怖れたためである。しかし犯行時、地面には被告人の精液の一部が残存していた。これは周辺に目撃者がいないか、または防犯カメラが設置されていないかと焦っていたせいである。また子宮摘出時、自身の着衣に返り血を浴びたのも後の反省材料となった」

己の行状を谷端の口から聞かされている最中も、那智は眉一つ動かさない。起訴状朗読の際もそうだったが、徹底的に自己を客観視できるか裁判の行方について望みを失くしているからだろう。穏やかで理性的な猟奇殺人者。ひょっとしたら那智のような人間はこれから増えてくるかもしれないと、氏家は静かに戦慄する。

「同年十月下旬、被告人は同僚宅に向かう西武池袋線の電車の中で二人目の被害女性藤津彩音を発見。第一の事件と同様、入間市駅から彼女の帰路を確認して後日の犯行に備えた。被告人は最初の犯行で一応の目的は達したものの、その緊張からゆっくりと凌辱を愉しむことができなかったのを非常に悔やんでいた。そこで下調べを綿密に行い、付近には人通りが少ないことと防犯カメラが設置されていないことを確認した。十一月六日、被告人は被害女性の自宅に近い豊水橋の手前で同女の首を背後から絞め、河川敷まで運んで遺体を凌辱した。その後、被告人は職場で調達した解剖用エプロンを着用し、開腹時の出血に備えた。摘出した子宮は前回と同様、川へ流した。被告人は犯行の最中、始終リラックスしていた旨を供述しているが、油断から死体を凌辱している際に被害女性の皮膚に自身の汗を付着させてしまった」

容疑者の特定に繋がる失敗に言及されると、那智は苦笑いを浮かべた。初めて見せた表情の変化が自分の失敗というのが、いかにも那智らしい。大抵の被告人であれば歯噛みして悔しがる場面だが、自らを徹底的に客観視できる那智にはお笑い種でしかないのだろう。

「二件の犯行をやり遂げた被告人は万能感ともいうべき自信を獲得し、三人目の犠牲者を選ぶのに何の躊躇もなくなった。本年一月七日、予てより目をつけていた安達香里を尾行、午後四時に被害女性とともに行徳駅で下車した。被害女性はその後、駅から市川市河原に至るまでの約七時間、食事と映画を楽しんでいた」

この情報は初耳だったので氏家は関心を持った。行徳駅から現場までは直線距離にして約二キロメートル。その間をどこで過ごしたかは不明だったが、途中の市川妙典《みようでん》にはイオンシネマがある。映画館でなら三時間はあっという間に過ぎてしまう。

「夜も更け、午後十一時近くになって河原の近辺を歩いている被害女性を、被告人は背後からビニール紐で絞殺し、そのまま河川敷へと死体を運んだ。三度目の犯行であり、絞殺も凌辱も子宮の摘出も全てに手慣れて被告人は終始落ち着いていた。殺人と続く死体凌辱をまるで毎度の食事のように常態化させ、被告人の非人間性と反社会性には残虐という非難さえ生温いものがある。そして被告人は、またしても被害女性の皮膚に自分の汗を付着させるというミスを犯した」

それまで手元の書類に目を落としていた谷端が、矢庭に裁判官席に顔を向けた。

「本案件は近年稀に見る凶悪事件として世間を騒がせてきました。しかし死体凌辱に味を占めた被告人那智貴彦は罪を重ね、仮に捜査本部が被告人を逮捕しなかったなら、悲劇は今も続いていたに違いありません。成育環境がどうであれ、およそ人として許すべき行為ではなく、今後類似の事件が発生しないよう、裁判官には厳正なる判断をお願いしたい所存であります」

最後の言葉は裁判官にではなく、裁判員たちに向けた言葉だ。谷端による冒頭陳述は那智への嫌悪と恐怖を煽ることには有効だったらしく、六人の裁判員たちは一様に首肯している様子だった。

「では検察官。冒頭陳述の内容を証明する証拠を提出してください」

「以上、陳述した内容の証明として甲八号証を提出します」

裁判所が求める証拠には物証・書証・人証《じん》の三つがある。谷端が事前に提出している甲八号証とは科捜研の作成した鑑定結果通知書を指す書証だった。つまり荒川河川敷に残留していた精液と、藤津彩音と安達香里両名の皮膚に付着していた汗が那智貴彦のDNA型と一致したという証明だ。

「弁護人。検察側が提出した甲八号証について同意しますか」

問われた吉田は徐《おもむろ》に立ち上がる。

「異議あり。提出された甲八号証はあくまでも鑑定結果の通知書であり、肝心のDNA鑑定の詳細な内容が網羅されていません」

「弁護人から異議がありました。検察官は証人を申請しますか」

「はい。証人尋問を申請します」

ここまでの経過は公判前整理手続に定められたシナリオ通りと言うべきだろう。検察側と弁護側の攻防はここから本格的なものになる。

「証人。こちらへ」

谷端の呼びかけに入廷してきたのは黒木だった。傍聴席に氏家がいるのを知ってか知らずか、こちらを一瞥もせず、証言台へと向かう。

本来、こうした鑑定結果の報告は正確を期すため鑑定書を裁判所に提出するだけで事足りたのだが、元の作成者である鑑定人の確認なしに証拠として採用してしまうと内容の誤りを見過ごしてしまう可能性がある。そこで鑑定人尋問というかたちで鑑定人本人が口頭で説明するケースが認められるようになった。

「警視庁科学捜査研究所、副主幹黒木康平です」

「証人は宣誓してください」

「『宣誓。良心に従って真実を述べ、何事も隠さず、偽りを述べないことを誓います』」

黒木が宣誓を終えると、間を置かず谷端からの尋問が開始された。

「鑑定人の経歴、専門領域、鑑定経験を教えてください」

「平成九年、警視庁科捜研に採用され現在に至ります。専門は文書・物理・化学ですが、立場上それ以外の対象も鑑定します」

「科捜研に入所して二十年ということは、副主幹という肩書からもかなりのベテランと考えてよろしいですね」

「自分ではそれなりの経験を積んでいると思います」

「本案件で甲八号証として提出した鑑定結果通知書はあなたが作成したものですか」

「はい。所員数人が鑑定した結果を纏めるかたちでわたしが作成しました」

「一つの場所で採取された精液と二人の被害者の皮膚に付着していた汗が、那智貴彦の唾液から採取されたサンプルのDNA型と一致した。この事実に間違いはありませんか」

「間違いありません」

「各々のDNA鑑定結果報告書は作成しましたか」

「はい。作成しました」

「捜査本部に提出しましたか」

「いいえ。提出していません」

「何故ですか」

「DNA鑑定結果報告書は専門用語の羅列です。結果だけを報告するのであれば総合的な鑑定結果通知書に纏めれば済むことです」

「本案件以外にも総合的な鑑定結果通知書のみを捜査本部に送ることがありましたか」

「捜査本部からの要請にもよりますが、以前にも鑑定結果通知書一枚で報告したことが何度かあります」

「報告を鑑定結果通知書一枚で済ますことで、何か支障が生じたことがありますか」

「特に支障が生じたことは聞いておりません」

「有難うございます。検察側からの質問は以上です」

「弁護人、反対尋問はありますか」

吉田が挙手と同時に立ち上がる。

「証人に伺います。三人目の被害者である安達香里さんのケースですが、彼女の皮膚に付着していた汗は本当に被告人のDNA型と一致していましたか」

「一致しています。鑑定結果通知書にもそう記述があります」

「鑑定結果が通知書に転記されるタイミング、もしくは鑑定結果通知書を捜査本部に送るタイミングですり替わる可能性は考えられますか」

一拍の空白が起きた。それまで即答を続けていた黒木が言葉に詰まる。

「……三人目の被害者の皮膚に付着していた汗を鑑定したのはわたしです。鑑定結果通知書に転記したのもわたしですからすり替わるはずがありません。捜査本部に送る途中ですり替わる可能性についても、通知書は手渡しだったのでやはりすり替わる可能性は考えられません」

「尋問を終わります」

黒木が証言台から降りたのを見計らい、吉田が続ける。

「裁判長。安達香里さんの皮膚に付着していた汗の分析については、弁護側も証人を申請しています」

「どうぞ」

「弁護側の証人、こちらへ」

ようやく出番か。

傍聴席で推移を見守っていた氏家はやおら立ち上がり、扉を開けて証言台へと進む。証言を終えた黒木の視線を感じるが、敢えてそちらの方は気にしないようにした。

弁護側の証人として呼ばれるのは初めてではない。証言台に立つ緊張はない。だが黒木と対峙することにわずかな興奮がある。

吉田は谷端と検察官時代に同僚だった。法廷での伝達ミスがきっかけで袂を分かち、以来犬猿の仲だという。一方、自分と黒木の関係も似たようなものだ。鑑定のミスが原因で決別し、相手からは親の仇《かたき》のようにあつかわれている。事情を知る者がこの法廷にいればふた組の遺恨試合と捉えるかもしれない。

だが当の氏家は黒木と雌雄を決するつもりなど毛頭ない。鑑定は嘘を吐かず、精緻な分析は必ず真実に辿り着くことを知らしめるだけだ。

「民間の鑑定センターで鑑定を請け負っている氏家です」

「証人の経歴をお願いします」

「平成十一年、警視庁の科捜研に採用され十二年ほど勤めた後に退官、現在に至ります」

「証人は科捜研に在籍していた頃には何を専門にしていましたか」

「鑑定対象となり得るもの全てです」

「証人は弁護側の証人として度々法廷に呼ばれていますね」

「正直、科捜研にいた頃より呼ばれる回数は多くなりました」

鑑定能力を印象づけるための質問であるのは重々承知しているが、実績を誇示するような話は未だに慣れない。だが、これも法廷のセレモニーの一部だと言い聞かせてやり過ごす。

「今回、安達香里さんの皮膚に付着していた汗を分析し、被告人のDNA型と比較したのですね」

「はい」

「二つのサンプルの入手経路を説明してください」

「被告人のDNA型は、弁護人が接見した際、鑑定センター所有の簡易キットで採取した唾液を分析したものです。安達香里さんの皮膚に付着していた汗については、彼女の司法解剖を担当した千葉医大池田教授から預かったサンプルを分析しました。尚、こちらは便宜上不明男性AのDNA型と呼称します」

「二つのサンプルを分析した結果はどうでしたか」

「二つのサンプルのDNA型は一致しませんでした」

「つまり被害者の皮膚に付着していた汗は被告人のものではないのですね」

「はい。不明男性Aは被告人と別人であると考えられます」

その瞬間、期せずして傍聴席からざわめきが起きた。那智の卑劣な偽証だという決めつけが反証されてしまった驚愕《きょうがく》だった。

「静粛に」

報道関係者のどよめきを事前に把握していたらしい増田は、短くも低い声で法廷の空気を制する。ざわめきが潮を引くように収まったタイミングで、吉田が弁論を再開する。

「氏家証人による両サンプルの分析結果は、既に報告書を弁二号証として裁判所に提出済みです。しかし裁判員の中にはこうした報告書に不慣れな方もいらっしゃると思いますので、氏家証人からの説明をお願いします」

裁判官席にはつごう五台のモニターが設置されており、氏家の作成した報告書が映し出されている。法廷内に設えられた大型モニターにも同じ内容が表示されているので、説明も楽だった。

DNA ローカス	被告人	不明男性 A	関係指数
D3S1358	14 17	15 16	0.00
D16S539	10 11	9 12	0.00
D2S1338	19 19	21 23	0.00
D19S433	13 13	12 15	0.00
…	…	…	…

「なるべく専門用語を排除して説明させていただきます。現在DNA型鑑定の主流は

マルチプレックスSTR検査法と呼ばれるもので、これは遺伝子情報を持たない塩基配列が反復しているSTR（マイクロサテライト）の繰り返し回数を……」

専門用語を可能な限り排除しても事が分析方法となると、どうしても平易な言葉では説明しきれなくなる。それでも六人の裁判員は氏家の言葉をひと言も聞き洩らすまいと集中している様子だった。

「解析表にあるDNAローカスの十六枡は常染色体十五カ所、性染色体一カ所の関係指数を表しています。ご覧の通り関係指数はどれも0・00を示しており、結果として二つのサンプルは全く別人のものと言えます」

百聞は一見に如かず。解析表に並んだ関係指数0・00の列が氏家の説明を見事に代弁してくれている。六人いる裁判員のうち四人が合点のいった表情で頷いていた。

「裁判長。弁護人は続いて弁三号証について証人に説明を求めるものです」

「どうぞ」

増田の許可を得て、モニターには二枚目の解析表が映し出される。今度のものは関係指数が0・96から8・74を指している。

「次に表示されているのは、第三の犯行場所である市川市河原の河川敷で採取された毛髪、そして弁二号証で分析した不明男性AのDNA型を分析したものです。ご覧の通り、二つのサンプルは同一人物のものである可能性が99・999パーセントです」

「証人はこの事実をどう捉えますか」

「不明男性Aは現場に立ち入り、しかも被害女性の皮膚に体液を残しています。従って犯行に関与している可能性が非常に大きいと考えられます。一方、現場から被告人のものと見られる体液や毛髪は遂に発見できませんでした。可能性だけに言及すれば、被告人よりも不明男性Aの方が犯行に関わっていると考えられます」

弁三号証の明示により、安達香里の事件に那智が関与していたという公訴事実は希薄になる。予想した通り、傍聴席からは静かな興奮が伝わってくる。

一方、無表情だった谷端にも変化が生じていた。動揺してか、しきりに袖口を触っている。

「裁判長、異議あり」

辛抱しきれないように手を挙げるが、吉田の「まだこちらの質問中です」という言葉に制される。

「裁判長。弁護人は更に弁四号証の説明も証人に進めてほしいと思います」

既に増田は氏家と吉田の弁論に呑まれつつある様子だった。公平中立を保たなければならないが、二人の繰り出すカードを軽視する訳にはいかなくなっている。

弁四号証からは、第三回公判前整理手続において吉田が提出した予定主張記載書の追加分だった。提出時は分析中で明確な内容を告げられなかったから、今回が初のお披露目となる。増田は吉田の申し出を受けるしかない。

「では証人、進めてください」

「有難うございます、裁判長。では次に表示される弁四号証はある人物の尿の成分分析表です」

全てのモニターに別の表が明示される。

「この尿は安達香里さんの自宅から採取しました。より詳細に言えば、便器の裏側に撥ねていた尿の飛沫です。もちろんDNA型の分析は終了しており、この尿が安達香里さんのものであると判明しています。ですが一番注目すべきは明示された成分の一つ、hCGという物質です。正式にはヒト絨毛《じゆうもう》性性腺刺激ホルモンと呼ばれ、受精卵が子宮に着床すると胎盤を作る絨毛から分泌される物質です。妊娠検査薬はこのhCGに反応する仕組みになっているので、ご承知の方がいらっしゃるかもしれませんね」

増田が思わずといった調子で声を上げる。

「では安達香里さんは妊娠していたというのですか」

「その通りです、裁判長。言い換えれば安達香里さんの子宮を摘出したのは、膣内に残存していた精液を廃棄してしまうという以外に、彼女が妊娠していた事実を隠蔽する目的も考えられるのです」

よほど意外だったらしく、増田と谷端は二の句が継げずにいる。氏家は畳み掛けるように次の画面に切り替える。

「安達香里さんの使用していたベッドパッドは母親が実家に引き取っていました。処分されなかったのは僥倖《ぎょうこう》というべきでしょう。現在モニターに表示している弁五号証は、そのベッドパッドに染み着いていた体液の分析表です。ご覧の通り体液は二人分のものであると結果が出ています。そして次の弁六号証および七号証は、それぞれの体液サンプルのDNA型を解析した結果です。すると体液Bが安達香里さん、体液Aが不明男性AのDNA型と一致しているのがお分かりでしょう。つまり安達香里さんと不明男性Aは同衾《どうきん》していたことが窺えます」

「安達香里さんは不明男性Aの子どもを身籠っていたという意味ですか」

「その可能性が極めて濃厚です。いずれにしても、被告人那智貴彦が安達香里さんの殺害に関与していた事実を分析結果から類推することは遂にできませんでした」

法廷内は、しんと静まり返っている。

那智は相も変わらず彫像のように表情を変えない。

氏家がこの法廷で証明するべきことは全て証明した。後は谷端からの反対尋問に答えるだけだ。

「証人、ご苦労様でした。質問を終わります」

彼らの反応を見て吉田はひと息吐いたようだった。満足げに頬を緩め、腰を下ろす。

「裁判長」

氏家は証言台に立ったまま谷端からの発言を待つ。

「検察官、どうぞ」

さあ、来た。

いったい何を、どう反論するつもりだ。

身構えた氏家に対し、谷端は想定外の質問を投げてきた。

「証人は、不明男性Aが被告人那智貴彦とは別人であると指摘しました。では、その不明男性Aが誰であるかを特定していますか」

想定外の質問ではあるが困惑はしなかった。

「不明男性A、つまり安達香里さん殺害に深く関与した人物は既に特定済みです」

再び傍聴席がざわめき出した。

「……質問を終わります」

谷端の言葉は敗北宣言と同義だった。いったん傍聴席を静めてから、増田が雑念を払うように首を振る。

「次回八月二十七日に結審します。閉廷」

3

閉廷の後、法廷の外では様々なことが一斉に起きた。那智の主張を立証した成果は、それだけの影響力を有していた。

まずマスコミ各社の動きは機敏だった。ネットニュースは即座に、テレビ局は昼のニュース番組で、新聞は夕刊で弁論内容を報じた。まだ公判二回目だというのに、既に大勢が決まったかのような報道に裁判所側と検察側は鼻白む思いだったろうが、実際に裁判の趨勢は決定したも同然だった。何しろ安達香里の殺害が那智の犯行なのか否かが唯一の争点だったのだ。那智の関与が認められないとなれば、後は量刑判断しか残らない。

那智が安達香里の殺害を否認していたのは極刑を回避するためと決めつけていた世間とマスコミは、氏家鑑定が提出されると思い込みが激しい分だけ慌てぶりも大きかった。いかに被告人が残虐非道な人間であっても、無関係の事件まで罪を被せるのは明らかに社会正義に反する。社会の木鐸《ぼくたく》を自認する新聞が社会正義に反する訳にもいかず、保守系革新系の区別なく、この日の夕刊はいずれの社も筆が鈍っていた。もちろん那智に対して謝罪の意を表するのではなく、試料全消費という絶望的な状況から新事実を発掘した民間の鑑定センターに対して賛辞を送るに留めたのだが、こうした歯切れの悪さがマスコミ各社の戸惑いぶりを露呈していた。

歯切れの悪さと対照的に彼らが尖鋭的になったのは、まず科捜研への非難だった。費用と時間をかけた鑑定の報告を鑑定結果通知書一枚で済ませていた怠慢、加えて後先を考慮せず試料を全消費した迂闊《うかつ》さは研究機関としても警察機関としても不適当だと集中砲火を浴びせた。いつの間にか試料がすり替わっていた管理責任も問題とされた。証言台に立った黒木をはじめとして警視庁科捜研に対する風当たりは日増しに強くなり、管理官の等々力などは弁明と事態収拾に東奔西走しているようだった。

次にマスコミ各社は当然の疑問を提示してきた。那智が安達香里の殺害に関与していないとすれば真犯人は誰なのか。公判で明らかになったのは捜査本部の見込み捜査であり、依然として真犯人は往来を闊歩《かっぽ》している事実だった。安達香里事件に関して言えば那智の逮捕は誤認であり、捜査本部の失態は否めない。真犯人を半年以上野放しにしていた件は更に罪深く、いったん解散していた捜査本部は急遽再召集される羽目になった。だが遅きに失した感は否めない。何しろ現場となった河川敷は既に残留物の採取が完了している上に試料は全消費されているのだ。物的証拠ゼロからの再捜査は相当な困難が予想された。

一方、氏家の出番はなくなったものの公判は続行している。増田の配慮で審理は関戸亜美と藤津彩音の二つの事件に絞られた。弁護側の主張が認められたかたちであり、那智としては満足のいく流れだろう。ただし争点が量刑判断となった時点で、今度は弁護側の吉田が劣勢に立たされることになった。関戸亜美の事件も藤津彩音の事件も、その犯行態様は起訴状に記述された通りで被告人自身も認めているから何の反証もできない。また那智は公判中も二人とその遺族に対して謝罪の気持ちを一片すら表さなかったので、情状酌量の芽を自ら刈り取ってしまっていた。無駄を嫌うと明言した那智の面目躍如といったところだが、吉田の表情は一向に冴えなかった。永山基準に照らし合わせて論ずる向きもあったが、そもそも増田は判例法主義に否定的だった。六人の裁判員の心証もよろしくない。吉田は有期刑を視野に入れているようだが、司法記者たちの予測では良くて無期懲役、公判が順当に進めば死刑判決の可能性が大だという。

吉田は鑑定センターを訪れて公判の進捗状況を伝えてくれた。極めて論理的でありながら全く倫理的ではない那智が望んでいるのは、「正しい判決」らしい。感情的な斟酌《しんしゃく》も世論への忖度もなく、まるで法の女神テミスが下すような冷徹な司法判断を求めているのだと吉田は教えてくれる。

死刑になるのが怖くないのかと吉田が問うたところ、那智はこう返したらしい。

『この社会は僕のような人間にはとても棲みにくい。遅かれ早かれ僕は世間から抹殺される運命なのですよ』

『少し諦めがよ過ぎるのではないかね』

『僕は無駄も嫌いですが、同様に苦痛も嫌いなんです。諦めないというのは、どうしたって苦痛を伴いますからね』

『そんなことを言えた義理かね。今更蒸し返したくはないが、君は二人の女性に究極の痛みを与えているじゃないか』

『お言葉ですが、窒息死には性的快感が内包されていますし、僕は可能な限り彼女たちに苦痛を与えないように心掛けました。第一、僕がどれだけ謝罪しようが苦しもうが、それで二人が生き返る訳じゃない。吉田先生の仰りたいことは何となく理解していますけど、それもやっぱり意味のない、無駄なことなんですよ』

吉田はその言葉を聞き、那智貴彦は論理的であるばかりではなく、世の中に絶望しきっているのだと知る。自身が異質な存在であり、到底この世界には受け容れられないことを認識しているからこそ感情を切り離そうとしているのだ。

『正直、有期刑にまで減刑できるかどうか確約できる状況ではない』

『元々、是が非でも死刑を回避したい訳じゃありません。犯行態様が最悪なら争点も大したものじゃない。最初から勝てる見込みの薄い裁判だということくらい、当事者の僕が一番よく知っていますから。他人の犯した罪を背負う不合理さが我慢できなかっただけです』

那智は他人事のように言い捨てる。

『しかし減刑できなければ、弁護人として選任された甲斐がない』

『気にしないでください。不快なだけの裁判ではありませんから』

何か愉快なことがあるのか。また不道徳な台詞でも吐くかと思われたが、那智は意外にも感謝の言葉を口にした。

『第二回の公判で、氏家という民間の鑑定士さんが証言台に立ってくれましたよね。僕はあの証言を聞いていて気持ちがよかった。一切の感情を排して、分析結果とそこから弾き出される可能性のみを明確に示す。あの瞬間だけ、法廷は僕を裁く場所ではなく真実を求める場所で有り得た。あれは心地いい時間でしたよ、先生。氏家さんには僕が感謝していたと伝えておいてください』

後日、吉田から那智の伝言を受け取った氏家は彼らしい発言だと思う一方で、ひどくやりきれない気分になった。

見掛けは好青年で物静か、社交性があり会話はウィットに富んでいる。医療従事者であり人前で激することはない。友人としても恋愛対象としても申し分のない人物だ。

ただ異常性癖と歪んだ倫理観を除いては。

「敗色濃厚な公判に出廷し続けるのは、やはり気が滅入る」

吉田は氏家の前で、ぽつりと本音を吐く。

「趨勢の決した公判であっても全力を尽くして依頼人の弁護に努める。至極当たり前のことだが、人一人の生殺与奪に関わるとなると平然としていられない。弁護士に較《くら》べ替《が》えしてもうずいぶんと経っているのに、未だに腑抜けた話をしている。つくづく情けないよ」

吉田は自嘲するが、依頼人が那智となれば世間からの風当たりも相当に強いだろう。おそらくは吉田にも有形無形の業務妨害があったはずだが、本人が愚痴をこぼしたことは一度もない。それだけでも吉田は立派な弁護士に思える。

「卑下する必要はありません。那智はとことん論理的な男です。そんな男が吉田先生を選任して今も信頼し続けているじゃないですか」

「稀代の殺人鬼から信頼される弁護士、か。称号としては誇るべきなのかもしれないな」

吉田は満更でもなさそうに笑って鑑定センターを出て行った。

思いがけない訪問を受けたのはその翌日だった。谷端検事が鑑定センターのドアを叩いたのだ。応接室に招かれた谷端はソファに座るなり切り出した。

「折り入って訊きたいことがあってお邪魔した」

法廷での証言を終えた時から谷端がやってくるのは織り込み済みだった。第二回公判閉廷直後に急襲されることも考えていたので、却って意外に思えた。

「氏家所長。あなたは証言の最後に不明男性A、つまり安達香里の殺害に深く関与した人物は既に特定済みと明言しましたね」

「ええ」

「それは誰ですか」

谷端に恥じ入る様子は微塵もない。犯人を挙げるためなら己の恥などものの数ではないということなのだろう。

「わたしの口からは申し上げられません」

「何故ですか」

俄に谷端は気色ばむ。

「あなたが弁護側の証人だからか。検察が敵だからか」

谷端は身を乗り出してきた。

「那智が安達香里殺害事件とは無関係となった時点で弁護側の守秘義務は解除されているはずだ。第一、民間人なら捜査に協力する義務がある」

喋ってから、谷端は上目遣いでこちらを見た。

「わたしと吉田先生の経緯を聞いていますか」

「いえ、特には。あまり人との諍《いさか》いを吹聴する人ではありませんしね」

「では、吉田先生に配慮している訳ではないんですね。じゃあ、どうして」

「不明男性AのDNA型解析表は裁判所に提出しています」

「解析表なら既に入手している」

谷端は苛立ちを隠そうともしない。

「だが解析表に検査対象者の名前はない。比較した関係指数なんてどうでもいい。わたしは名前が知りたいんだ」

「その一足飛びの考えが、今回の誤謬を招いたと思いませんか。もちろんわたし自らが研究員とともに採取した試料を、やはり自分のラボで分析したものですから解析結果には十全の自信があります。しかし、あくまでもわたしの自信であって、谷端検事が鵜呑みにしていい話ではありません」

「手前で分析しろという意味か」

「違います。無闇に信じてしまうことに陥穽が潜んでいるという意味です」

「鑑定結果通知書一枚で科捜研を信用したことを、そんなに論いたいか」

「まだあります。科捜研が試料を全消費したと報告した時、確認しようとしましたか」

「所長。まさか、その報告さえも虚偽だったというつもりか」

「虚偽報告かどうか以前に、確認したか否かの問題です。捜査の一切合財を一人で行うのは無理な相談で、当然分業になります。それは構いませんし効率的であるのは大いに結構です。しかし、内部牽制はするべきでした」

「身内を信用して何が悪い」

「人を拘束し訴えるのは、人権を束縛する行為です。ならば、少なくとも証拠と証言の全てを疑って然るべきです。無謬性という信仰が生むのは過ちと災いでしかありません。いったい試料の全消費について黒木さんにヒアリングはしたんですか」

「話をしようにも、彼は今科捜研にいない」

まさか。もう処分が決定したのか。

「第二回公判直後、等々力管理官が彼を自宅待機させている。どんな事情があったにせよ、途中で試料が入れ替わっているのを見過ごしたんだ。副主幹としても鑑定結果通知書作成者としても責任は免れない。追って何らかの処分が下されるだろう」

では、まだ処分検討中の段階なのだろう。氏家は内心で安堵した。理由は自分でも分からない。

「黒木さんから事情を聴取していないうちに、僕が不用意な発言をするのは順番としておかしいですよ」

「どうあっても対象者の名前を言わないつもりか」

「法廷に提出されたデータを閲覧するのは検察官の自由。同様に、わたしが特定した人物をあなたに告げないのも自由です」

「科捜研に勤めていた人間の台詞じゃない」

「科捜研に勤めていた人間だからこそですよ。我々の仕事に求められるのは正確な分析だけです。人を裁いたり罰したりすることじゃない。ましてや特定の人間の容疑を固めるために都合のいいデータだけを揃えることじゃない」

「もういい」

我慢の限界を超えたらしく、とうとう谷端は席を立ってしまった。

「所長が狭量なのがよく分かった。どうせ正規に照会書を出しても回答はするまい」

「令状でも持ってきますか」

「捜査非協力は科捜研から追放された恨みか」

「自分から辞めたんです。そういうことはご自身でよく調べてから罵倒してください」

谷端は辞去の言葉もなく応接室を出ていった。彼の背中を見送りながら、氏家は心中で手を合わせる。

捜査に非協力的なつもりも、谷端に嫌がらせをしたい訳でもない。不明男性Aの名前を告げないまま谷端に帰ってもらうには、あんな風に怒らせるしか他に方法を思いつかなかったのだ。

気がつくと応接室の入口に翔子が立っていた。

「何だかずいぶん怒らせたみたいですね」

「いつまで経っても接客態度が向上しない。困ったものだ」

「わざと怒らせたんですよね、あれ」

バレたか。

「よくも現役の検察官を激怒させようなんて考えますね」

「昔から人を怒らせるのは得意だったからね」

「どうして無理に追い払おうとしたんですか。あの検察官、これから事ある毎にウチを目の敵にするかもしれませんよ」

「民間の鑑定センターを続ける以上、検察や科捜研と仲良くなれないのは最初から覚悟しているさ」

全てを打ち明けるのには逡巡を覚えたが、今回翔子は襲撃を受けて負傷さえしている。彼女には自分を襲った犯人が誰なのか知る権利がある。

「容疑者が誰かを告げるのは簡単だ。でも可能な限り本人が自首するのが望ましい」

「自首するようなタイプだと考えているんですか」

「うん」

「わたしを襲った犯人が誰なのか、もう見当はついているんですよね」

「センターに押し入ったのも橘奈くんを襲ったのも、おそらく同一人物だろう。下足痕を比較する限り、その可能性が高い。本人の自宅前で採取した下足痕とも一致している。ただし一致しているというだけで、本人が自白しない限り可能性はどこまでいっても可能性に過ぎない」

「放っておくんですか」

「いや、知った者には知った者の責任があるからね。本人に自首を勧めるつもりだよ」

氏家が着ていた白衣を脱ぎ出すと、翔子は大層驚いてみせた。

「今からですか。本当に容疑者を説得しに行くんですか」

「満更知らない仲でもないしね」

「ついていってもいいですか」

「うーん、それは勘弁してくれないかな。何といっても橘奈くんは被害者だから当然知る権利はあるんだけど」

「わたしもそう思います」

「被害者を前にしたら容疑者も、なかなか素直にはなれない。申し訳ないけれど、ここは我慢してくれないかな」

面罵されるのを覚悟で頭を下げてしばらくすると「いいですよ」と声が返ってきた。

「わたしたちの仕事は人を裁いたり罰したりすることじゃない、ですよね」

「ひょっとして今の会話、全部聞いていたのかい」

「聞いていたんじゃなくて聞こえていたんです。二人とも大声だったんですよ」

知らないうちに声が大きくなっていたらしい。まだまだ自制心が足りないと反省するべきだろう。

「その代わり、結果は教えてくださいね」

「どんな結果であってもかい」

「感情で対処するよりも論理で処理をしたいんです。たとえ自分が襲撃された案件でも」

「……君をヘッドハンティングして正解だったよ」

氏家は自分の椅子に引っ掛けていたジャケットに腕を通すと、翔子の脇をすり抜けて鑑定センターを出た。

4

氏家が向かったのは世田谷の桜新町だった。

時刻は午後三時。普段も静かな一帯だが、この時間帯は更に人もクルマもまばらで、人目を忍んで訪問するには都合がいい。

氏家は黒木宅の前に立ち、インターフォンを押す。恐れたのは黒木の妻が応対に出ることだった。

『どなた』

ぶっきらぼうな口調に安心した。声の主は黒木本人だった。

「氏家です」

門前払いを食らう確率は半分。だが幸いにも玄関ドアが開けられた。

「そろそろ来る頃だと思っていた」

黒木はどこか弱々しい目でこちらを睨む。

「奥さんはご在宅ですか」

「買い出しで留守にしている。どうせそれを見越してこの時間帯を選んだんだろう」

「お見通しですか。因みに浩くんは」

「あいつもまだ戻っていない。近所の目がある。早く入れ」

氏家は素早くドアの隙間から身を滑らせる。玄関の景色は科捜研時代に訪れた当時のままだ。玄関照明、靴箱、上り框《かまち》、廊下と壁紙、何一つ変わっていない。無言のまま居間に向かう黒木の後をついていく。

居間のテーブルを挟んで二人は対峙する。腕組みをした黒木の顔色から読み取れる感情は含羞《がんしゅう》くらいのものだ。

それでも黒木が自分に対して恥じ入るなど初めてのことだったので、氏家は少なからずまごついた。

「俺が自宅待機になったのを誰から聞いた」

「ついさっき谷端検事が鑑定センターを訪れました。検事も人伝に聞いたようでしたね」

「初歩的なミスで危うく冤罪を一つこしらえるところだった。良くて降格、悪けりゃ懲戒解雇だろう」

「懲戒解雇は重過ぎませんか」

過去にも現役警察官のミスで捜査に支障が出たケースはいくらでもある。しかし、その多くは減給か停職どまりだったはずだ。

「どうかな。那智事件が世間の耳目を集める重大事件だったのが仇《あだ》になった。三件のうちの一件とはいえ誤認逮捕であることに間違いはない。原因を作った張本人に責任を取らせるのは当然だ。そうでなければ納税者が納得しない」

「今日伺ったのは、まさにその件です」

氏家は正面に黒木を見据える。

「今、ミスと言いましたが本当にそうですか。ミスではなく故意にすり替えたのではありませんか」

黒木の表情に変化はない。仕方なく氏家は話を進める。

「千葉医大の池田教授が保管していた試料は真正でした。しかし、科捜研の手に移っ

た時点で那智のものとすり替わっていた。科捜研内部ですり替えが行われたと考える
のが妥当です。実行したのは黒木さん、あなたですよね」

「どうしてそう考える」

「鑑定センターに侵入して試料とサンプル分析を盗んだのがあなただからです」

氏家は鑑定センターに残されていた下足痕と黒木宅前で採取した下足痕を分析した結果、コンピュータが72パーセントの確率を弾き出した事実を告げた。

「72パーセントか。同一人物のものと断定するにはいささか不十分な数値だな」

「それ単独なら。ところがサンプル分析のコピーを所持していた研究員の一人が襲撃された際、現場に残されていた下足痕もやはり72パーセントの確率で同一人物のものと判明しています。対象が二つだけならともかく、三つも揃えば疑念も深まります」

「あくまで疑念だ。特定はできない」

「その通りです。だからこの事実は鑑定センターの研究員にも、吉田先生にも、もちろん谷端検事にも伝えていません」

「賢明だな。疑いがあるというだけで吹聴していたら、ネットでデマを拡散させている性悪と同じだ」

「吹聴はしません。しかしあなた本人に問《と》い質《ただ》そうと思ったんです。答えてください。試料をすり替え、小泉くんからセンターの内情を訊き出した上で試料とサンプル分析を奪い、ウチの研究員を襲ったのはあなたですか」

「充分信じるに足る物的証拠もないのに自白を迫るとはな。民間の水に浸っているうちに焼きが回ったか」

「あなたには動機がある」

対峙していた黒木の顔つきがひときわ険しくなった。

「故意にすり替えたと言ったな」

「言いました」

「鑑識作業に携わる者が気紛れでそんな真似をするはずがない。考えられるのは、真正の試料を分析されたら困るから那智の試料とすり替えた可能性だ。言い換えれば、俺が安達香里を凌辱し殺害した犯人ということになる」

黒木は腕組みを解き、挑むように上半身をこちらへ傾けてきた。

「第二回公判で証言した際、不明男性Aが誰なのか、既に特定済みとぶち上げていたな。それは俺のDNA型と不明男性AのDNA型が一致したという意味だったのか。下足痕の比較とは違い、DNA型鑑定は白か黒かだ。お前、いったいいつ俺のDNAを採取した。俺にはとんと記憶がないが」

「あなたに接触する機会は何度かありました。その一つは六年ぶりに再会した〈HANAYAGI〉で乾杯しようとした時です」

黒木の顔色が変わった。

「口論になりかけると、あなたはグラスに残っていたワインをひと息に空けて席を立ってしまった。グラスの縁には当然、あなたの唾液が残存していました」

「まさか、あの時から俺に目をつけていたというのか」

「確たる疑念があった訳じゃありません。ただ、あの段階でもあなたは関係者の一人でした。あなたが店を出て行ってからサンプルを採取したのは、半ば習慣みたいなものでした」

しばらくの間、黒木はこちらを睨み据えていた。氏家がはったりを言っていないかどうか探っていたようだが、やがて納得したように唇を歪ませた。

「お前はその手の嘘を吐く男じゃなかったな。もう安達香里の身体に残存していた体液との照合は終了しているみたいだな」

「鑑定センターに侵入したのがあなたらしいと見当がついた頃、密かに解析表を作成しました。これも、まだ誰にも口外していません」

「一致していたからか」

黒木は急に捨て鉢な口調になる。

「吉田弁護士にも谷端検事にも口外しなかったのは俺に自首を促すためか。なるほどお前らしい。いかにも偽善者のもったいぶった心遣いだ」

「わたしが口外しなくても真実はやがて明らかになります。後に待つ裁判を考慮すれば刑事に踏み込まれて身柄を確保されるより、自首した方がずっと心証がよくなる」

「法廷でとことん争う可能性は考えていないのか」

「物的証拠が揃っている状況で犯行を否認するのは無駄な労力です。科捜研に身を置いているあなたなら重々承知しているでしょう」

ふと那智の言葉を思い出す。彼もまた自身の裁判に関わる重大事でありながら、遺族への謝罪を無駄な労力と切り捨てた。この事件に関わるうち、那智の考え方が一部伝染してしまったのかもしれない。

「少し俺を買い被っているようだな。物的証拠が揃っていようが、身に覚えのないことなら受け容れる訳にはいかん。徹底的に争ってやるさ。第一、俺は安達香里を殺したとは一度も言っていない」

「ええ。僕も言ってません」

「何だと」

「あなたのDNA型を解析し、不明男性Aのものと比較しました。DNAローカスの十六枡はいずれも高い関係指数を示しました。しかし、僕は一度もあなたが犯人だとは言ってません。あなたは自分の罪を他人に被せるような人じゃない」

「関係指数が高いのにか」

「高いのも道理ですよ。あなたは犯人である浩くんの父親なのですから」

瞬間、その場の空気が凍りついたようだった。

黒木は口を噤み、射殺《いころ》すような視線でこちらを見ている。

「先日、家の前で採取したのは下足痕だけではありません。実は浩くんと花壇のブロックに座って、結構長話をしたんです。浩くんが話している際、唾が僕の着ているジャケットまで飛んできたんです。そういう経緯で彼の唾液サンプルは本人も知らないうちに採取できました。分析すると不明男性AのDNA型と完全に一致。それで浩くんが安達香里さん殺害の犯人と判明しました」

「家を訪ねてきた時には、もう浩を犯人だと疑っていたのか」

「鑑定センターに侵入したのがあなたかもしれないと考えた時、当然浩くんは容疑者リストの最上位に浮上しました。何しろあなたが自分の職業倫理に蓋をしてでも護《まも》りたい人間なんて奥さんと浩くんくらいしかいません」

　黒木は黙り込んでしまった。だが目には怯えの色が広がっている。

「浩くんと不明男性AのDNA型が一致すると、全体が見通せました。安達香里は千葉医大の三年生。浩くんも同じく千葉医大の三年生ですから、キャンパス内に接点があったのでしょう。医学部の三年生ともなれば解剖実習もある。メスを握ったことも一度や二度じゃない。安達香里には女友だちにも秘密にしていた交際相手がいたようですが、それが浩くんだった訳です。安達香里のベッドに浩くんの体液が染み込んでいたのが何よりの証拠です。では、何故浩くんは安達香里を殺さなければならなかったのか。おそらく安達香里が妊娠したことと無関係ではないでしょう」

　氏家はいったん言葉を切って黒木の様子を窺う。怯えの色は諦めのそれに変わっていた。

「あなたが試料のすり替えを行ったのは、犯人が浩くんであるのを知っていたからです。彼女は付き合っている相手を秘密にしていましたが、あなたの方は浩くんの交際相手が安達香里であるのを知っていた。浩くんから教えられたんですか」

「あいつは俺に似ずモテ男で、以前は三股をかけていた。スマホのツーショット写真を自慢げに見せてくれてな。うち一人が安達香里さんだった」

「二人の間に揉め事でも発生したんですか」

「さあな。分かっているのは最近になって付き合いだしたのが学部長の娘ということくらいだ」

学部長の娘というだけで大した釣書だ。比べれば、共稼ぎ夫婦の娘はどうしても見劣りする。

「安達香里を殺害したのは、彼女が妊娠したせいですか。彼女が堕胎を拒んだら学部長の娘との間が切れる」

「知らん」

黒木は吐き捨てるように言う。

「事件について息子と話したことは一度もない。だが子宮を切除された死体が安達香里さんだと知った途端、誰が手を下したか見当がついた」

浩と安達香里との間にどんな争いがあったのかは本人に問い質すより他ない。香里を殺害した浩は、彼女を妊娠させた相手が自分だと特定されるのを怖れ、報道されていた那智事件をなぞって彼の犯行に見せかけた。

一方、黒木は被害者が安達香里であることを知るなり、犯人は浩だと看破する。死体から子宮が切除されていたことから浩の企てを見抜き、採取したサンプル分析を那智のものとすり替える。何のことはない。子どもの不始末を親が補ったのが安達香里事件の実態だったのだ。

「安達香里の皮膚に付着していた汗を一応は分析したんですか」

「分析して浩のDNA型と一致したからすり替えた。どうせ子宮奪取の犯人はもう二人も殺している。ヤツの仕業に仕立てても被害者二人が三人に増えるだけだ。他人への迷惑は限定的になる」

長年、分析作業に従事してきた男の言葉とは思えなかった。いや、今のは父親としての言葉なのだろう。そうとでも考えなければ氏家がやりきれない。

「どうして浩くんと話し合おうとしないんですか」

「分からん」

黒木はぽつりと洩らす。

「DNA鑑定で犯人が浩だということが確定しても、本人に直接確認するのが怖かったのかも知れん。ふん。他人のことなら血液型からDNA型まで突き止めてやろうと思えるのに、息子に対しては腰が引けちまう。つくづく情けない話さ」

「これからどうするつもりですか」

「考えが纏まらん」

黒木は仕方なくといった風に呟く。

「これを知っているのはお前だけか」

「もしそうなら、僕を口封じするつもりですか」

まさか、と言って黒木は苦笑する。

「俺にできるのは鑑定結果通知書の改竄くらいだ。人殺しなんて大層な真似はできない」

「浩くんが帰宅したら話し合ってください」

「お前はどうするつもり……そうだった。自分の仕事は分析であって、裁くことでも罰することでもないというのがお前の信条だったな」

「憶えていてくれて嬉しいですよ」

「息子に甘い俺だったら海外に逃がそうとするかもしれんぞ」

「ウチの研究員が浩くんを監視しています。詳しい事情は説明していませんが、妙な行動に出たら千葉県警のアマゾネスが速攻で駆けつける手筈になっています」

「高頭警部か。手回しのよさも相変わらずだな」

黒木は物憂げに首を振り、ひどく疲れたような顔をする。氏家の進言通り浩を首尾よく説得できたとしても、後に待っているのは悲嘆と後悔だ。疲れた顔をするのも当然だろう。

「くれぐれも早まった真似はやめてください」

余計なことだと思ったが、釘を刺さない訳にはいかなかった。

「父親としてでも、科捜研の副主幹としてでも構いません。僕やあなたの部下が誇らしく思えるような責任の取り方を見せてほしい」

「ずいぶんと難しい注文をするんだな」

「未だ谷端検事にも高頭警部にも詳細を打ち明けていないのは、黒木さんに解決を任せたかったからです」

「まるで体のいい脅迫だな。それもお前らしいといえばお前らしい。本人の判断に任せるのは一見思いやりのようだが、実は一番苛酷な追い詰め方だ。裁くのも罰するのも嫌だと言いながら、結局はお前が一番残酷なのかもな」

氏家が答えずにいると、黒木はゆっくりと項垂《うなだ》れた。氏家は知っている。この皮肉は黒木のせめてもの抵抗だ。

「安心しろ。息子と無理心中するような真似はしない。俺だって責任の取り方くらいは心得ている」

「お願いします」

「思い出したよ。お前にお願いされるのは、大抵嫌なことだった」

氏家は黒木を居間に残して家を出る。しばらく歩いていると、道の向こう側から黒木の妻、文香《ふみか》がやって来るのを認めた。

「あら、氏家さん。お久しぶり」

「ご無沙汰しています」

「ひょっとしてウチに寄ってくれていたんですか」

「ご主人と話し込んでいました。たった今、帰るところです」

「これから夕飯なんですよ。もしよろしかったらご一緒しませんか」

「すみません、仕事が詰まっていましてね。ご厚意だけ有難く頂戴しておきます」

まともに顔を見られず、氏家は慌てて文香から離れていく。

これで黒木が一人で考え込む時間もなくなった。己には護らなければならない人間がもう一人いることを思い出してくれるだろう。

振り返ると、文香の背中がどんどん小さくなっていった。

その背中に向かって、氏家は頭を下げた。


当日のうちに、黒木は浩を伴って警視庁に出頭した。現役科捜研職員の意図的な改竄と、息子の犯した殺人。捜査本部は蜂の巣をつついたような騒ぎになったらしいが、二人の供述内容がことごとく辻褄の合う話だったので、捜査本部も納得せざるを得なかった。

浩の自供によれば、氏家の立てた仮説は的を射ていた。大学で複数の女性と交際していた浩は、学部長の娘との将来を優先することを決意する。しかし同時期に安達香里の妊娠を知り、彼女に堕胎を懇願する。香里がそんな虫のいい話を快諾するはずもなく、学部長に全てを暴露すると逆に浩を脅したらしい。追い詰められた浩は香里を殺害しようと計画し、那智事件と同様の手口を利用して自身の犯行を晦《くら》まそうと試みた。

黒木と浩の取り調べは別々に行われたが、二人とも終始落ち着いた態度だったという。どうやら黒木は氏家の注文を実行してくれたようで、それがせめてもの救いだった。

二人が緊急逮捕されて送検された翌日、吉田が鑑定センターを訪れた。

「本日が最終弁論だった。来月に判決言い渡しだ」

「早かったですね」

「後半は量刑判断のみになったからな。那智はどんな判決が下されても控訴はしない考えだ。ああ、氏家所長に礼を言ってくれと言付かってきた。真実を明らかにしてくれて感謝しているそうだ」

「彼に黒木さんと浩くんが自供したことを教えましたか」

「量刑に関係する話だからな。だが那智はあまり意に介さない様子だった」

自身に下される判決に無頓着な人間が、他人の罪に関心を抱くはずもない。

しかし那智の思考回路は科学捜査に携わる者には非常に興味深い。一度は直接会って話してみたい相手だと思った。

一方で氏家は微かな怖れも否定できなかった。倫理を完全に排した論理は魅力的だが、那智のようなモンスターを誕生させる土壌にも成り得る。彼と話せば話すほど、その内面世界に取り込まれるような恐怖がある。

「二度と那智のような依頼人にはお目にかかれないだろうね。まあ、かかりたくもないが」

報告を済ませると、吉田は肩を落として帰っていった。断らない男ではなく断れない男。吉田はあんな風に言ったが、やはり今後も面倒な依頼を引き受け、鑑定センターを訪れる羽目になるに違いなかった。

吉田を見送っていると、いつの間にか背後に翔子が立っていた。

「裁判の報告だったんですか」

「うん。それから科捜研への処分内容。黒木さんがあの内容で自供した限り、科捜研の管理責任は免れない。所長と管理官はもちろん、小泉くんを含めた研究員の何人かも処分対象者に挙がっているらしい」

「大粛清ですね」

「組織は時々水の入れ替えをした方がいい。どんなに清浄な水でも、一つところに溜めていたらいつかは濁る」

つい調子に乗ってしまった。微妙なニュアンスを聞き逃す翔子ではなかった。

「何だか嬉しそうですね」

「正直、嬉しい。今回の処分で科捜研の研究員が弾かれたらヘッドハンティングできるからね」

「まさか、あの人たちを雇うつもりなんですか」

「上司の無理な命令に従っただけなら情状酌量の余地がある。所長や管理官はともかく、それ以外の研究員は即戦力だよ」

呆れた様子の翔子だったが、やがて不承不承ながら納得したようだ。

「人が増えるのは賛成です」

「たとえ小泉くんでもかい」

「ウチに再就職したところで、ただの同僚です。でも所長は以前から鑑定センターの少数精鋭を誇っていますけど、それってブラック企業の謳い文句そのものですからね」

考えたこともなかったので驚いた。

「肝に銘じておくよ。さあ、溜まっている作業を片づけようか」

二人は検査室へと戻っていった。

解説

西上心太（書評家）

中山七里にまた新しいシリーズキャラクターが誕生した。それが本書の主人公・氏家京太郎である。氏家は四十四歳。警視庁科学捜査研究所、通称〈科捜研〉の出身だ。ある事情で退職後、東京都文京区湯島に〈氏家鑑定センター〉を設立したのである。退職金と実家からの支援で資金は賄ったのだが、それ以上に幸いだったのが科捜研時代の優秀な部下たちがセンター開設を支持し転職してきたことだ。噂を聞きつけた他の鑑定のプロたちも集まり、センターは順調に発展を続けている。だが唯一の弊害が警視庁から睨まれていることだ。せっかく育てた人材を一人前になったところで引き抜かれた形だからである。氏家は職業選択の自由があるのだから如何ともし難いと思っているが、古巣への敷居が高くなってしまったことは否めない。

中山七里は主人公や彼らが救おうとする人物を、これでもかというほどの危機に晒させるのが上手い作家だ。危機の回避や危機的状況からの脱出が困難なほど、それが打破された時に得られるカタルシスもまた大きくなる。〈どんでん返しの帝王〉という異名を取るのも、危機から逆転に至る振れ幅の大きさに一因がある。本書では氏家と警視庁との確執が、事件解決への大きなハードルの一つになっていることにも注目したい。

少し先を急ぎすぎた。中山七里は二〇〇九年の第八回「このミステリーがすごい!」大賞を『バイバイ、ドビュッシー』で受賞し、同作が『さよならドビュッシー』として刊行された二〇一〇年にデビューを飾った。それ以来、二〇二四年までの丸十五年ですでに八十冊近い作品を上梓している。いくつもの人気シリーズを書き分けているのだが、主人公や脇役たちがシリーズを越境して他のシリーズに登場することが多い。この手法こそが中山七里作品のもっとも大きな特徴なのである。中山作品のキャラクターたちは、同じ世界、同じ時代の中で息づいているのだ。

氏家京太郎は弁護士の御子柴礼司シリーズの四作目『悪徳の輪舞曲』、デビュー作『さよならドビュッシー』から続く岬洋介シリーズの七作目『合唱 岬洋介の帰還』に脇役として登場し、本書でめでたく主役を務めることになったのである。

八月に東京都足立区で悽惨な殺人事件が起きた。荒川河川敷で発見された女性の遺体は、腹を真っ二つに切り裂かれ、子宮を含む下腹部が摘出されていたのである。三ヵ月後、埼玉県狭山市の入間川の河原で、さらに年を越した一月に千葉県市川市の河原で、子宮を摘出された女性の遺体が発見された。稀に見る猟奇的な事件に世間は沸き立つが、二月になって都内の医療機関に勤める三十四歳の那智貴彦が逮捕される。

現場に残された体液のDNAが那智のものと一致し、彼の部屋から凶器と思しきメスも発見された。

那智は二件の殺人については素直に認めたが、最後の事件には関与していないと供述していた。依頼された吉田弁護士は那智と面会するが、冷静な態度で言動におかしなところはなく、彼の供述に嘘はないように思えた。吉田は氏家に残された証拠の鑑定を依頼する。だがそれには大きな問題があった。公判前整理手続で開示された検察側の請求証拠には、たった一ページの鑑定結果通知書しかなかったからだ。つまり警視庁の科捜研は、現場に残留していた体液と、逮捕した那智から採取した体液データとを比較した具体的な手順や詳細を一切記すことなく、DNAが一致したという鑑定結果のみを伝えていたのである。しかも体液の試料は鑑定に際して全量を消費したというのだ。さらにこの鑑定結果通知書作成の責任者は、氏家と同い年のライバルであり刎頸の友で、現在は科捜研の副主幹の黒木康平だった。自分の知る黒木は鑑定に真摯に取り組む人物である。その彼がなぜこのような手順で済ませたのかと氏家は疑問を抱く。氏家ら弁護側は那智の唾液から彼のDNAを調べることは可能だが、肝心の比較すべき試料がない。たとえあったとしても、氏家と確執のある科捜研がおいそれと渡すはずがないのである。

本書には二組の人間的な対立がある。氏家が科捜研を退職した大きな理由の一つが、黒木との関係の悪化だった。これがどのようなものであるのか中盤に明かされるので触れないでおこう。そして那智の裁判の担当となった谷端義弘検事と吉田弁護士との因縁である。吉田は検事から弁護士に転職したいわゆる〈ヤメ検〉だ。ある裁判で同僚の谷端が犯したミスを吉田が救ったことがある。だがその時に生じた感情のこじれが現在も続いているのだ。さらに担当裁判官の増田判事は司法制度改革に熱心で、世間の耳目を集めるこの裁判を、長期化を防ぐスピーディーな裁判事例に仕立てようと目論んでいた。

作者が設定した主人公の越えるべきハードルは、全量を消費してしまったという加害者が残した体液をどのように入手するのかである。現場で採取した試料がなければ那智本人のものと比較検討すらできない。闘う以前に同じリングに上がれないのだ。氏家が試料入手のために取る方法が前半の読みどころで、なるほどこんな方法があったのかと盲点を突かれた。

だがこのままでは終わらない。作者は新たなハードルを設定し、再び氏家たちを危地に追いやるのだ。万事休すと思われたところで氏家は視点を変え、新たなアプローチで反証のための証拠集めに邁進していく。ピンチからチャンスへ、そしてまたピンチへ。裁判の開廷という時間的な制約もある中で権力に挑んでいくさまが活写されるのだ。

本書では稀代の猟奇殺人とその裁判をめぐり、さらにさまざまな問題が露呈する。現代はＤＮＡや指紋など高精度の科学的な鑑定が可能な時代であるが、科捜研や科警研から提出された鑑定結果を誰も疑わなくなる危険性を氏家は指摘する。検察や警察という権力を持った組織が自らの無謬性を疑わなくなった時、冤罪という悲劇が起きるのだ。現に足利事件では逮捕当時の鑑定結果が、技術が発達した後の時代の再鑑定によって否定されている。もしこれに人為的な悪意がからんだとしたらどうなるだろうか。

悪辣な妨害行為に晒された氏家が部下の職員たちに向けてこのような言葉を放つ。

「忖度にも圧力にも情理にも負けないのは真実だけだ。邪な力に勝てるのは真実だけだ」

真実を見ることよりも組織に取り込まれてしまう危うさ、人間の弱さを自戒している言葉でもある。

また二回目の公判前整理手続を終えた吉田弁護士は谷端検事と口論になる。捜査員は完全ではなく間違いを犯すこともあると言った吉田に対し、谷端は、それは捜査員の能力を論うことであり、ひいては法廷の権威を論うことと同義であると言うのだ。それを聞いた吉田は検事時代の自分も同じような考えだったことを思い出し、次のように述懐する。

「ひと度立場を変え、弁護人の目で刑事裁判を眺めると法廷の風景は一変した。正義を遂行するはずの権力が真実を覆い隠し、市民に安寧をもたらすはずの秩序が一部の声なき者を圧殺している」と。

圧倒的に不利な状況から氏家たち弁護側はどのように闘い、どのように被告の証言を認めさせるのか。後半の法廷シーンに至ればページを繰る手が止まることはないだろう。

本書では『ヒポクラテスの誓い』に始まるヒポクラテス・シリーズで重要な位置を占める浦和医大法医学教室の光崎藤次郎教授と准教授キャシー・ペンドルトン（電話の声だけ）、『逃亡刑事』、『越境刑事』に登場した千葉県警捜査一課の〈アマゾネス〉の異名を持つ高頭冴子警部が登場し、氏家を大いに助けることになる。この二人がいなかったら氏家は吉田弁護士からの依頼を全うすることはできなかったろう。また名前こそ出ないが、氏家が御子柴礼司と思われる人物を思い浮かべるシーンもある。そのような細かいネタを見つける楽しみがあるのも中山作品が読者から強い支持を受けている理由でもある。

すでに二作目の『氏家京太郎、奔る』の連載も終わっており、近々刊行されるはずだ。その前に氏家京太郎が初めて主役を務める本書を手に取ってみてはいかがだろうか。

本書は二〇二二年一月に小社から単行本刊行された作品を文庫化したものです。

双葉文庫

な-47-03

鑑定人《かんていにん》 氏家《うじいえ》京《きょう》太郎《たろう》

2025年2月15日　第1刷発行

【著者】
中山七里《なかやましちり》

【発行者】
箕浦克史

【発行所】
株式会社双葉社
〒162-8540 東京都新宿区東五軒町3番28号
［電話］03-5261-4818（営業部）　03-5261-4831（編集部）
www.futabasha.co.jp（双葉社の書籍・コミックが買えます）

【印刷所】
大日本印刷株式会社

【製本所】
大日本印刷株式会社

【カバー印刷】
株式会社久栄社

【DTP】
株式会社ビーワークス

【フォーマット・デザイン】
日下潤一

ISBN978-4-575-52823-7 C0193
Printed in Japan

軽井沢プリンスホテル 東文彙区

ミス沢渡妙子の挨拶。ようやくに並んで
頭ご挨拶で両家親族紹介された。後は
新郎新婦の指輪交換など有が用意された
中沢さんの発声により乾杯をと進行、そん
など間にテーブルを廻ってグラスを交わす
国ぐらい間。なかなか皆様若々しい頭の新
国くらい間、新郎新婦・食堂へもどりの挨拶が

中山千里

ホロンのくさの巻

社務書状 東文彙区

第十四回人文科学講演会

講演者の先生がたのご都合により、本年の講演会は下記のとおり開催することになりました。ご多忙中のところ恐縮に存じますが、万障お繰り合わせの上ご参集くださいますようお願い申し上げます。

中央大学

人文科学研究所